dtv

Reihe Hanser

Als die zwölfjährige Clara auf dem Weg zur Schule von einem schwarzen Kater angefallen wird, passiert etwas Unerwartetes: Clara versteht plötzlich die Sprache der Tiere und kann mit ihnen sprechen. Sie ist eine Wildhexe. Ihre Tante Isa lehrt sie, ihren Instinkten zu vertrauen und ihre Verbindung zur Natur zu nutzen. Doch je stärker Claras Fähigkeiten werden, desto bedrohter fühlt sich eine der alten Hexen, Chimära. Sie verlangt, dass sich Clara der Feuerprobe stellt, die schon lange keine junge Wildhexe mehr bestanden hat.

Lene Kaaberbøl, in Kopenhagen geboren, ist eine der bekanntesten dänischen Kinderbuchautorinnen. Ihr erstes Buch veröffentlichte sie mit nur 15 Jahren, seitdem hat sie über 30 Bücher für Kinder und Jugendliche geschrieben. Ihre Fantasy-Serien werden in 25 Sprachen übersetzt. Mit vielen Preisen ausgezeichnet, war sie zuletzt für den Hans-Christian-Andersen-Preis 2012 nominiert. Für ihre Wildhexe-Serie wurde sie mit dem wichtigsten und größten Kinderbuchpreis Dänemarks geehrt, dem Orla Preis.

Lene Kaaberbøl

WILDHEXE
Die Feuerprobe

Aus dem Dänischen
von Friederike Buchinger

dtv

Ausführliche Informationen über unsere Autoren und Bücher
www.dtv.de

Lene Kaaberbøl in der *Reihe Hanser*
Wildhexe – Die Feuerprobe (dtv 62623 und dtv 08659)
Wildhexe – Die Botschaft des Falken (dtv 62624)
Wildhexe – Chimäras Rache (dtv 62634)
Wildhexe – Blutsschwester (dtv 62635)
Wildhexe – Das Labyrinth der Vergangenheit (dtv 62647)
Wildhexe – Das Versprechen (dtv 62648)

MIX
Papier aus verantwortungsvollen Quellen
FSC® C019821
FSC www.fsc.org

2018 dtv Verlagsgesellschaft mbH & Co. KG, München

Titel der Originalausgabe: ›Vildheks – Ildprøven‹
(Alvilda Verlag 2010, Kopenhagen)
Published by agreement with Lars Ringhof Agency ApS, Copenhagen.

Gesetzt aus der Meridien Roman
Satz: Satz für Satz, Wangen im Allgäu
Druck und Bindung: Druckerei C.H.Beck, Nördlingen
Gedruckt auf säurefreiem, chlorfrei gebleichtem Papier
Printed in Germany · ISBN 978-3-423-08659-2

1 Meerkatze

Der Kater stand mitten auf der Treppe und sah nicht so aus, als hätte er vor, mir aus dem Weg zu gehen.

Es war der größte Kater, den ich je in meinem Leben gesehen hatte. Genauso groß wie der Labrador meines Freundes Oscar und genauso schwarz. Seine Augen leuchteten neongelb im Halbdunkel des Kellerschachts.

»Ähm ... Kater? Dürfte ich mal vorbei?«

Nein.

Also, es war nicht so, dass der Kater das gesagt hätte, aber man konnte es ihm ansehen. Er saß nicht zum Spaß hier und es war auch kein Zufall. Er saß hier, weil er hier sitzen *wollte*. Weil er etwas von *mir* wollte.

Ich musste in die Schule. Ich war schon ein bisschen spät dran, und windig und regnerisch wie es war, würde die Fahrradfahrt weder besonders schnell gehen noch besonders lustig werden. Und ich hatte keine Lust, meiner Mathelehrerin zu erklären, dass ich zum zweiten Mal innerhalb von vierzehn Tagen zu spät in ihren Unterricht gekommen war, weil ich mich nicht an einer schwarzen Katze vorbeigetraut hatte.

»Ksch«, fauchte ich den Kater an. »Weg da! Verschwinde! Tschüss!«

Er machte nur das Maul auf und zeigte mir seine rosa Zunge und eine Reihe weißer Zähne, die nicht nur länger, sondern auch schärfer als gewöhnliche Katzenzähne waren. Außerdem konnte er ganz eindeutig besser fauchen als ich.

Ich schob mein Fahrrad ein Stück die Rampe hoch und trat auf die nächste Treppenstufe. Der Kater und ich waren jetzt noch ungefähr zwei Meter voneinander entfernt. Ich wedelte mit der Hand.

»Jetzt hau schon ab!«

Er bewegte sich kein bisschen.

Ich bin bestimmt nicht das mutigste Mädchen der Welt, aber in dem Moment hatte ich bedeutend mehr Angst vor meiner Mathelehrerin als vor diesem Kater. Ich holte tief Luft und stürmte, so schnell ich konnte, die Treppe hoch. Jetzt musste er ja abhauen – oder?

Der Kater sprang. Nicht etwa zur Seite oder nach hinten, sondern direkt auf mich zu. Er traf meine Brust und mein Gesicht und für einen kurzen Moment sah ich nur noch schwarzes Fell. Ich stolperte, fiel rückwärts die Treppe hinunter und landete rücklings auf dem Boden des Schachts – über mir mein Fahrrad und der Kater. Mein Hinterkopf knallte auf den Zement und mein Ellenbogen schrammte über die raue Mauer. Aber es war der Kater, der dafür sorgte, dass ich stocksteif liegen blieb, während mir das Herz bis zum Hals schlug. Seine gelben Augen funkelten mich an, seine Krallen bohrten sich durch meine Regenjacke, durch den Pullover, bis auf die nackte Haut. Er war wie ein schwarzer, pelziger Schatten, der beinahe den ganzen Raum auszufüllen schien. Ich sah nur noch ihn, ein Stück blaugrauen Himmel und den Regen, der in großen, kalten Tropfen auf uns beide herunterfiel.

Er hob eine Vorderpfote und zeigte mir seine gespreizten, ausgefahrenen Krallen. Sie waren blaugrau und an der Spitze milchweiß.

»Nein, lass das …«, flüsterte ich, ohne wirklich zu wissen, wovor ich Angst hatte.

Ich lag auf meinem linken Arm, aber ich versuchte, ihn mit dem rechten wegzuschieben. Sein Fell war nass und schwer und das nicht nur vom Regen. Er roch nach Meer, nach Tang und Salzwasser. Und ich konnte ihn keinen Millimeter bewegen.

Wusch.

In einer blitzschnellen, fegenden Bewegung schoss seine Pfote auf mein Gesicht zu, und seine Krallen zerkratzten mir direkt über der Nase die Haut, genau zwischen den Augenbrauen. Ich spürte sofort, wie das Blut an meiner Nasenwurzel herunterrann und musste blinzeln, um es nicht in die Augen zu bekommen. Und während ich noch immer wie gelähmt war, spürte ich seine warme, raue Zunge wie ein Reibeisen über meine Stirn streichen.

Er leckte das Blut aus der Wunde, die er selbst mir zugefügt hatte.

»Clara! Was ist denn los? Du kommst zu spät!«

Die Stimme meiner Mutter kam aus dem Arbeitszimmer. Ich stand an der Wohnungstür und war unfähig, etwas zu sagen. Einen Augenblick später stand sie vor mir.

»Aber Mäuschen«, sagte sie erschrocken, »was ist passiert?«

Ich schüttelte den Kopf. Eigentlich sogar den ganzen Körper, so sehr zitterte ich. Die Wunde auf der Stirn brannte und schmerzte, und ich hatte das Gefühl, noch immer das Gewicht des nassen Katzenkörpers über mir zu spüren und Tang, Salz und Blut zu riechen.

»Ein Kater«, flüsterte ich. »Das war … ein Kater.«

Ich hatte nicht damit gerechnet, dass Mama mir glauben würde. Ich hatte erwartet, dass sie mir erst eine Menge Fragen stellen würde, um mir dann zu sagen, dass ich übertrieb. Ich meine, wie oft wird man noch gleich von einer schwarzen Kampfkatze angefallen?

Aber so war es nicht. Sie starrte mich nur an.

»Oh nein«, sagte sie. Sonst nichts. Und dann fing sie an zu weinen.

Vielleicht sollte ich erst mal ein paar Sachen erklären. Meine Mutter ist keine Heulsuse. Im Großen und Ganzen ist sie sogar ziemlich zäh. Sie ist freiberufliche Journalistin, das heißt, sie ist ihre eigene Firma und lebt davon, Artikel für alle möglichen Zeitungen zu schreiben, die bereit sind, sie dafür zu bezahlen. Und das sind eine ganze Menge, denn sie ist gut und sie hat das Talent, spannende Geschichten aufzuspüren. Mein Vater lebt schon seit ich fünf bin nicht mehr bei uns, meine Mutter ist es also gewohnt, das meiste selbst zu regeln.

Sie hörte auch schnell wieder auf zu weinen, holte den Verbandskasten und machte sich daran, die Schrammen auf meiner Stirn und am Ellenbogen zu reinigen, während sie sich gleichzeitig das Handy zwischen Ohr und Schulter klemmte und versuchte, einen Arzt zu erreichen.

»Sie sind jetzt Nummer … sieben … in der Warteschleife«, sagte eine winzige, weit entfernte Automatenstimme. Mit einer wütenden Bewegung klappte Mama ihr Handy zu und holte eine Tüte tiefgefrorenen Mais und ein Geschirrtuch aus der Küche.

»Hier«, sagte sie. »Leg dir das auf die Stirn. Wir fahren hin.«

»Mein Fahrrad«, sagte ich. »Ich habe mein Fahrrad nicht abgeschlossen.«

»Vergiss es«, sagte sie. »Das ist jetzt egal. Zieh dir einen trockenen Pulli an, ich weiß nicht, wie lange wir warten müssen.«

Sie war wieder ganz sie selbst. Die Mutter, die alles im Griff hat, die Mutter, die immer auf mich aufpasst. Aber ich konnte dieses hilflose, kleine »Oh nein« nicht vergessen. Und auch nicht ihren Gesichtsausdruck, bevor sie ihre Mama-Maske wieder aufgesetzt hatte.

Ihren offenen Mund. Ganz weiß um die Lippen. Und die Tränen, die ihr einfach in die Augen geschossen waren.

Als wäre gerade die Welt untergegangen.

2 Katzenfieber

Das Penicillin reicht für fünf Tage«, sagte die Ärztin und gab meiner Mutter ein Rezept. »Und Clara … keine Katzen mehr ärgern, ja?«

»Ich hab sie nicht geärgert«, sagte ich. Mein Kopf tat weh und fühlte sich irgendwie größer und wärmer an als sonst. Nach der Tetanus-Spritze tat jetzt auch meine Schulter weh und die Katzenkratzer zwischen meinen Augen brannten. Es war total ungerecht, dass unsere sonst so nette Ärztin so tat, als wäre alles meine Schuld.

»Natürlich nicht«, sagte sie. »Aber halt dich vorläufig lieber von Katzen fern.« Sie schaute wieder zu meiner Mutter hoch. »Rufen Sie mich an, falls Rötungen oder Schwellungen auftreten oder sich rund um die Verletzung Blasen bilden. Wir wollen ja nicht, dass sie die Katzenkratzkrankheit bekommt.«

»Katzenkratzkrankheit?«, sagte Mama. »Was ist das denn?«

»Viele Katzen sind Träger eines hässlichen Krankheitserregers namens Bartonella, der auch auf Menschen übertragen werden kann, aber das Penicillin sollte diese Bakterien gleich im Keim ersticken. Sie müssen sich keine Sorgen machen.«

Ich machte mir keine Sorgen, jedenfalls keine großen. Ich hatte weit mehr Angst davor, dass das Katzenmonster auf die Idee kommen könnte, mir noch einmal aufzulauern.

Auf dem Heimweg hielten wir erst an der Apotheke in der Jernbanegade an und danach bei *La Luna*, unserer Lieblingspizzeria.

»Hawaii mit Extra-Käse?«, fragte Mama.

»Ja«, sagte ich, obwohl es mir komisch vorkam, am helllichten Tag Pizza zu bestellen. Aber es regnete noch immer Bindfäden, und ich hatte ein schweres, grippeartiges Gefühl im ganzen Körper. Ich wusste nicht, ob übertriebene Mengen geschmolzenen Käses dagegen helfen konnten, aber einen Versuch war es wert.

Es war keine Rede davon, dass ich zur Schule gehen sollte. Mama benahm sich vielmehr so, als wäre es nur eine Frage der Zeit, bis diese Bartonella-Bakterien mich trotz Jod, Alkohol und Borsäure oder zumindest trotz Penicillin und einer gründlichen Wundreinigung niederstrecken würden. Als wir die Pizza gegessen und den Tisch abgeräumt hatten, wollte ich ein bisschen in meinem Zimmer Computer spielen, aber stattdessen überredete sie mich, mir ein Buch zu nehmen und mich auf dem Gästebett im Arbeitszimmer unter die Wolldecke zu kuscheln, solange sie dort arbeitete. Das war gemütlich, keine Frage, aber ich wurde das Gefühl nicht los, dass es ihr vor allem darum ging, mich nicht aus den Augen zu lassen.

Kurz nach drei bekam ich eine SMS. Sie war von Oscar. »Warum warst du nicht in der Schule?«, stand da. Ich war mir nicht sicher, was ich darauf antworten sollte, es schien mir ein bisschen zu kompliziert, ihm zu erklären, dass mich eine Katze gekratzt hatte und ich deshalb vielleicht krank werden würde. Schließlich schrieb ich einfach »Krank :-(«, auch wenn es nicht stimmte – noch nicht jedenfalls.

In dieser Nacht träumte ich von dem Kater. Er wartete am Fahrradkeller auf mich, genau wie er es in Wirklichkeit getan hatte. Aber statt mich anzugreifen, dehnte er seinen Körper zu einem langen, hochzufriedenen, geschmeidigen Katzenstrecken und gähnte, sodass ich alle seine Zähne sehen konnte. »Jetzt gehörst du mir«, sagte er und leckte sich mit seiner rosa Zunge das Maul. »Mir, mir, mir …«

»Mama?«

»Ja, mein Schatz?« Mit einem Ruck setzte sie sich in ihrem Bett auf, so wach, dass ich nicht sicher war, ob sie überhaupt geschlafen hatte.

»Mama, ich glaube, ich habe Fieber …«

Meine Stirn pochte, und meine Arme und Beine fühlten sich lang und unbeweglich an, als wären sie nicht ordentlich am Körper befestigt. Das Licht von

Mamas Nachttischlampe bohrte sich durch meine Augen ins Hirn. Ich machte die Augen für einen Moment zu, aber das war auch nicht besser, denn mir wurde sofort schwindlig und ich verlor fast das Gleichgewicht.

Mama zog mich auf die Bettkante und legte mir eine Hand auf die Stirn.

»Du glühst ja«, sagte sie. »Hast du Schmerzen?«

»Ja.«

»Leg dich hierher. Ich rufe den Notdienst an.«

Aber der Notdienst machte sich offenbar nicht auf den Weg, nur weil eine Zwölfjährige ein bisschen Fieber hatte. Ich lag in Mamas Bett und hörte, wie sie ins Telefon schimpfte. Ihre Stimme klang weit entfernt und seltsam wattig, obwohl sie fast direkt neben mir saß.

»Aber das Penicillin wirkt ja nicht«, sagte sie. »Sie hat über 40 Fieber!«

Ich döste ein wenig. Es roch so schön sauber und vertraut nach frisch gewaschenen Laken und Mama und Mama-Shampoo, aber ich wagte es trotzdem nicht, richtig einzuschlafen. Der Kater war die ganze Zeit da, das konnte ich spüren. Er lauerte in meinen Träumen.

»Möchtest du einen Schluck Wasser?«

»Nein, danke …« Mein Hals war heiß und tat weh, und ich hatte überhaupt keine Lust, etwas Kaltes zu schlucken, obwohl ich eigentlich ziemlich durstig war.

»Aber es wäre gut, wenn du etwas trinken würdest. Cola? Saft?«

»Dann ein bisschen Saft.«

Sie brachte mir welchen und ging zurück in die Küche. Ich hörte, wie sie Wasser für Kaffee aufsetzte. Sie hatte ihr Handy mitgenommen und rief irgendwo an.

»Hier ist Milla Ask. Entschuldigen Sie die späte Störung, aber ich muss unbedingt mit meiner Schwester sprechen ...«

Dann machte sie die Tür zu, und ich konnte den Rest nicht mehr verstehen. Aber selbst im Fiebernebel wunderte ich mich. Ich wusste natürlich, dass Mama eine große Schwester hatte, aber ich war ihr noch nie begegnet. Es war mir absolut schleierhaft, warum Mama nachts um zwei versuchte, ausgerechnet sie zu erreichen. War sie etwa Ärztin? Nein, fiel mir ein, Tante Isa lebte von ihren Zeichnungen. Wir hatten einmal in einem Schaufenster Karten gesehen, auf denen ein paar sehr lebensechte Enten abgebildet waren. »Isa Ask Design«, hatte auf einem großen Schild gestanden, und die Karten waren schweineteuer gewesen. »Schau mal, die heißt auch Ask«, hatte ich gesagt und auf das Schild gezeigt. Damals war ich noch jünger gewesen, vielleicht acht oder neun. »Das liegt daran, dass sie deine Tante ist«, sagte Mama. Aber sie wollte die Karten nicht kaufen, und als ich fragte, ob wir Tante Isa nicht mal besuchen könnten, murmelte sie nur, dass Isa

»sehr, sehr abgelegen« wohnte – als ginge es um die Äußere Mongolei und als wäre sie ausschließlich mit dem Hundeschlitten oder einem Helikopter zu erreichen.

Das war alles, was ich von meiner Tante Isa wusste. Weshalb also war es jetzt plötzlich »unbedingt« nötig, mit ihr zu sprechen?

Müde schloss ich die Augen. Es war mir eigentlich auch viel zu anstrengend, darüber zu spekulieren. Aber in der Dunkelheit hinter meinen Augenlidern konnte ich die Katze singen hören: *Mir, mir, mir …* Ich machte die Augen wieder auf. Ich glaube, ich weinte sogar ein bisschen, vor allem weil ich so müde war, mich aber nicht traute zu schlafen.

Auf der anderen Seite der geschlossenen Küchentür war Mamas Stimme laut und zornig geworden. Ich konnte noch immer nicht jedes Wort verstehen, nur irgendetwas mit *notwendig* und *das Leben meiner Tochter*.

Das Leben meiner Tochter? Mein Herz stand für eine Sekunde still. Dachte sie, dass ich sterben würde? Schließlich kann man an gefährlichen Bakterien sterben, auch wenn man noch nicht steinalt ist und im Pflegeheim lebt.

»Mama?«, rief ich, aber durch die geschlossene Tür hörte sie mich nicht, und sie war wohl auch zu sehr mit der Streiterei am Telefon beschäftigt.

Ich setzte mich auf. Bong. Es fühlte sich an wie ein Hammerschlag zwischen die Augen, genau in die Kratzwunde. Ich wimmerte. Es tat so weh und es wollte einfach nicht aufhören.

»Mama?!«

Ich stand auf. Die Küchentür war Kilometer entfernt, aber schließlich erreichte ich sie doch.

»... gut möglich, dass mir nichts anderes übrig bleiben wird«, sagte Mama gerade. »Aber ich verstehe einfach nicht, wie man so gleichgültig sein kann, wenn –«

Dann sah sie mich.

»Mäuschen! Setz dich hin, bevor du noch umkippst.« Sie drehte sich eilig weg, aber ich hatte es trotzdem gesehen. Sie weinte. Wieder.

Mütter sollen nicht weinen. Sie sollen erwachsen und stark sein und auf ihre Kinder aufpassen. Wie gesagt: Ganz anders als Oscar bin ich nicht gerade mutig, aber ich glaube, an meiner Stelle hätte jetzt sogar *er* Angst bekommen.

»Geben Sie mir die Adresse«, sagte Mama kurz angebunden. »Den Rest schaffe ich dann auch alleine.« Sie kritzelte ein paar zornige Buchstaben auf den Notizblock, der an der Kühlschranktür hing, und verabschiedete sich sehr abrupt von ihrem Gesprächspartner. Als sie sich wieder zu mir umdrehte, hatte sie ihre Tränen weggewischt und lächelte sehr mama-mäßig.

»Mein Mäuschen, wir werden wohl eine Autofahrt machen müssen. Denkst du, du schaffst das?«

3 Krötengift und Natternspucke

Wir fuhren lange. Mama hatte den Rücksitz unseres kleinen blauen Kias mit Kissen und Decken ausgestattet, und abgesehen davon, dass mir immer schwindliger wurde, lag ich eigentlich ganz bequem. Ich hatte bloß ein seltsames Surren im Ohr, es klang wie eine lästige Fliege, nur lauter und näher, so als säße sie genau in meinem Gehörgang. *Mir, mir, mir.*

Ich muss trotzdem eingeschlafen sein, denn plötzlich hatten wir die Stadt hinter uns gelassen, es gab keine Straßenlaternen mehr und keinen Verkehrslärm, nur Dunkelheit und ab und zu das Licht eines einzelnen Autos. Die Scheibenwischer quietschten über die Windschutzscheibe, iiiiiu-iiu, iiiiu-iiu, und der Regen trommelte auf das Autodach.

»Können wir nicht das Radio anmachen?«, fragte ich, weil ich hoffte, dass ich das Fliegengeräusch dann vielleicht nicht mehr hören musste.

»Na klar. Liegst du bequem?«

»Alles gut«, sagte ich.

Die Autolautsprecher knackten, während meine

Mutter versuchte, einen Sender zu finden, der sich einigermaßen empfangen ließ. Stimmen und Musikfetzen wurden laut und gingen sofort wieder im Rauschen des Radios unter.

»Scheint hier draußen nicht so einfach zu sein«, sagte sie. »Was hältst du davon, wenn wir stattdessen eine CD hören?«

»Okay.«

Sie legte eine *Electra*-CD ein, von der sie wusste, dass sie mir gefiel. Electras klare Stimme übertönte das Dröhnen der Bässe und der Schlagzeugrhythmen. »Go where you gotta go, no matter how far«, sang sie. »Mama always told me, gotta be who you are, can't be nobody else, gotta seek your own star, gotta be … gotta be … gotta be who you are.«

Ich lag da und hörte zu. Das Pochen in meinem Kopf schien ein bisschen nachzulassen, wenn ich versuchte, mich nicht auf den Summton, sondern auf Electra zu konzentrieren. Dann nahm ich all meinen Mut zusammen.

»Mama?«

»Ja, Mäuschen?« Sie schaltete und beschleunigte ein wenig. Wir fuhren jetzt bergauf.

»An dieser … dieser Krankheit. Kann man daran sterben?«

Sie nahm den Fuß vom Gaspedal, und das Auto verlor sofort an Geschwindigkeit, weil die Straße so steil war. Dann drehte sie sich im Sitz um und schaute mich an.

»Clara-Maus. So was darfst du nicht denken!«, sagte sie. »Bald sind wir bei Tante Isa, und dann hilft sie uns. Alles wird gut. Okay, Schatz?«

»Ja«, murmelte ich. »Okay.«

Aber das sagte ich vor allem ihr zuliebe. Denn während sie wieder Gas gab und den Wagen weiter durch Regen und Dunkelheit lenkte, konnte ich nicht aufhören an eine Sache zu denken:

Sie hatte nicht Nein gesagt.

Das Auto holperte und schaukelte über einen Weg, der so uneben war, dass der Kia nur im Schneckentempo vorwärtsschleichen konnte. Ich setzte mich auf. Es war ganz einfach zu ungemütlich, wenn man im Liegen so durchgeschüttelt wurde. Ich starrte zwischen den Vordersitzen hindurch und versuchte herauszufinden, wo wir waren. Das Licht der Scheinwerfer hüpfte über Schotterböschungen, Pfützen und hohes, nasses Gras. Der Weg führte mehr oder weniger durch einen tiefen, breiten Graben. Rechts und links davon ging es einen oder zwei Meter steil nach oben, und obwohl es inzwischen aufgehört hatte zu regnen, waren nur wenige Sterne zu sehen, denn wir fuhren durch einen hohen kohlschwarzen Fichtenwald.

»Sind wir bald da?«, fragte ich.

»In neun Minuten«, sagte Mama. »Das behauptet zumindest das Navi. Ich kann mir allerdings nicht vorstellen, dass es berücksichtigt hat, was das hier für ein Weg ist.« Sie versuchte, den Kia um ein Schlagloch zu schlängeln, aber wegen der Böschung ging es nicht richtig. Krrrrrr. Irgendetwas schabte gegen den Boden des Autos. Vielleicht wären Helikopter und Schlittenhund doch keine so schlechte Idee gewesen.

Es dauerte nicht zehn Minuten, sondern eher zwanzig, bis wir endlich nach rechts auf eine kleine Holzbrücke abbogen und vor uns zwischen den Bäumen Licht sehen konnten.

»Hier muss es sein«, sagte Mama. »Niemand sonst würde so weit weg von Recht und Gesetz dieses Landes leben wollen.«

Wir fuhren durch ein Gatter über eine Wiese und dann parkte Mama das Auto auf einem kleinen Hof zwischen zwei Gebäuden neben einen uralten Austin Mini mit schwarzen Türen und weißem Dach. Die Häuser waren strohgedeckt, und ihre Mauern waren nicht aus normalen Ziegeln, sondern aus diesen Steinen gebaut, die man öfter auf Feldern findet. Ich glaube, sie heißen sogar Feldsteine. In einem der Häuser brannte Licht, und als Mama die Autotür öffnete, stieg mir der Duft von nasser Erde, Nadelwald und Holzfeuer in die Nase.

Die Eingangstür war eine dieser Halbtüren, die man manchmal in Ställen sieht. Die obere Hälfte wurde aufgeschlagen und dahinter tauchte eine große, bucklige Gestalt mit langen Indianerzöpfen auf. Nein, Moment. Sie war nicht bucklig. Der Buckel hatte Federn, Augen und Flügel. Es war eine

Eule, die uns so interessiert anstarrte, als würde sie darüber nachdenken, ob sie uns zum Frühstück verspeisen konnte.

»Kommt rein«, sagte die fremde Frau mit der Eule. »Dann will ich sehen, was ich tun kann.«

Das also war meine Tante Isa.

In einem großen Zimmer, das in meinen Augen eine merkwürdige Mischung aus Werkstatt und Wohnstube war, hatte Tante Isa den Holzofen angefeuert. Darauf stand ein Topf, der von Zeit zu Zeit blubbernd kleine Wölkchen aus Dampf und scharfen Gerüchen unter dem Deckel hervorstieß. Überall dort, wo kein Fenster war, standen Regale und Schränke an den Wänden. Sie waren nicht nur mit Büchern gefüllt, sondern auch mit Krügen, Gläsern, Werkzeugkästen und reihenweise Körben, die mit Zeitungen ausgestopft waren. Später fand ich heraus, dass in einigen davon Igel und Haselmäuse ihren Winterschlaf hielten. Es gab ein paar unterschiedliche Sessel, zwei lange Tische und eine Hobelbank. Zwei Öllampen spendeten Licht, und nirgends war ein Fernseher zu entdecken.

Ich lag auf einem zerschlissenen alten Sofa, das nach Hund roch, und obwohl ich zusätzlich zu meiner eigenen Bettdecke noch zwei Wolldecken bekommen hatte, war mir kalt. Tante Isa war sehr lieb zu mir gewesen, aber, wie ich fand, nicht ganz so lieb zu meiner Mutter.

»Schlaf einfach, wenn du kannst«, sagte sie zu mir. »Hier passiert dir nichts.« Ihre braunen Augen hatten dieselbe Farbe wie Herbstlaub, und aus irgendeinem Grund glaubte ich ihr, was sie sagte.

»Der Kater ...«, flüsterte ich.

»Hier nicht«, sagte sie. »Hierher kann er nur kommen, wenn ich es ihm erlaube.«

Es war nicht nötig, ihr irgendetwas zu erklären. Sie wusste es schon. Und obwohl ich keine Ahnung hatte woher, war es eine kolossale Erleichterung, dass sie einfach *verstand*.

Meiner Mutter gegenüber klang ihre Stimme ganz anders – so scharf, dass man sich daran hätte schneiden können.

»Du hättest ruhig etwas früher kommen können.«

»Wie hätte ich das machen sollen?«, sagte Mama. »Es ist schließlich erst heute Morgen passiert.«

»Ja. Aber sie ist doch im März zwölf geworden, oder nicht?«

Das war nicht gerade eine schwierige Frage, aber Mama antwortete nicht sofort. Erst dachte ich, dass sie vielleicht genauso verwirrt war wie ich – ich konnte mir nämlich absolut nicht vorstellen, was mein Geburtstag mit der ganzen Sache zu tun haben sollte. Aber als sie schließlich doch etwas sagte, war deutlich zu hören, dass sie nicht die Spur verwirrt, sondern nur wütend und ängstlich war.

»Sie ist nicht wie du«, sagte sie. »Sie ist ein liebes, kluges und *normales* Mädchen.«

Tante Isa schaute Mama lange an. »Ich denke nicht, dass wir das jetzt diskutieren müssen«, sagte sie. »Stattdessen sollten wir das Fieber senken und zusehen, dass wir die Kleine wieder auf die Beine bekommen.«

Ja, danke, dachte ich. Und wenn ihr die Kopfschmerzen vielleicht gleich auch noch verschwinden lassen würdet …

Tante Isa nahm den Deckel vom Topf und füllte mit einem großen Schöpflöffel etwas Flüssigkeit in einen Becher, den sie mir reichte.

»Hier«, sagte sie. »Es schmeckt ein bisschen bitter, aber es hilft.«

»Was ist das?«, fragte Mama misstrauisch.

»Krötengift und Natternspucke«, sagte Tante Isa. »Was dachtest du denn?«

Ich schaute erschrocken auf, aber dann bemerkte ich das Funkeln in ihren herbstbraunen Augen.

»Keine Sorge«, sagte sie beruhigend. »Ich wollte deine Mutter nur ein bisschen aufziehen. Es ist ein Tee aus Weidenrinde und Kräutern, der dem Penicillin ein bisschen auf die Sprünge helfen wird. Wenn du ausgetrunken hast, streiche ich dir ein bisschen über den Nacken und deinen Kopf. Das alles zusammen wird dir guttun.«

Und das tat es. Das Krötengift, oder was es auch war, schmeckte wirklich abscheulich, aber dann setzte Tante Isa sich zu mir auf das Sofa, legte meinen Kopf in ihren Schoß und fing an, mit ihren Fingern fest und sanft meinen Hals entlangzustreichen, über den Nacken bis hoch in die Haare. Es fühlte sich seltsam an, fast so, als würde sie mit jeder ihrer Bewegungen ein Stück des Kopfwehs wegnehmen. Und als sie ihre Finger auf meine Stirn legte, die von der Verletzung ganz geschwollen war, tat es kein bisschen weh.

Während ihre Finger arbeiteten, summte sie eine Melodie, die seltsam ruckhaft anstieg und abfiel; das war eindeutig kein Lied, das ich kannte. Manchmal klang es fast so, als könnte sie zwei Töne gleichzeitig singen, einen tiefen und einen hohen. Ich weiß nicht warum, aber ich musste an Wind und Regen denken und an den Duft von Herbstlaub. Mitten in alldem hörte ich eine Tür schlagen. Ich öffnete die Augen, die mir eigentlich fest und gründlich zugefallen waren.

»Mama?«

»Sie kommt bald wieder rein«, sagte Isa. »Das alles hier mit Kräutern und Wildgesang liegt ihr nicht so.«

»Wildgesang?«

»Schhhh. Denk nicht so viel. Darüber können wir später immer noch sprechen.«

Schließlich waren meine Kopfschmerzen wirklich verschwunden. Und als ich einschlief, lauerte keine Meerkatze mehr in den Schatten.

4 Blaumeisen und Vogelscheuchen

Als ich aufwachte, war das Fieber weg. Dafür bekam ich jetzt fast keine Luft mehr. Etwas Großes, Warmes und Pelziges lag auf meinem Brustkorb und hechelte mir ins Gesicht. Als ich die Augen aufmachte, schaute ich geradewegs in ein faltiges, weiß-braun gesprenkeltes Hundegesicht.

»Hallo«, flüsterte ich. »Entschuldige, aber könntest du vielleicht ...«

Ein Schwanz klopfte auf die Decke, und eine warme rosa Zunge schlabberte begeistert über meine Wange.

»Tumpe«, rief Tante Isa. »Runter!«

Widerwillig schob er sich ein paar Zentimeter in Richtung meiner Füße zurück.

»Ganz runter!«

Ein tiefes, nasses Seufzen. Dann rutschte der große Hundekörper vom Bett, und ich konnte wieder atmen.

»Tut mir leid«, sagte Tante Isa. »Tumpe ist fürsorglicher, als er klug ist. Er hat überhaupt kein Gespür dafür, wie groß er eigentlich ist.«

Tumpe wedelte so begeistert, dass Isa ein paar Tassen davor retten musste, vom Couchtisch gefegt zu werden, und er hatte offensichtlich keine Ahnung, dass er gerade kritisiert worden war. Ich musste lachen. Wie ich später herausfand, hatte Tumpe diese Wirkung auf die meisten Menschen – jedenfalls auf solche, die Tiere nicht grundsätzlich hassten. Er war einfach unübersehbar ein großer, fröhlicher Hund und er liebte alles und jeden, besonders diejenigen, die Lust hatten, mit ihm zu reden und ihn hinter einem seiner weichen braunen Ohren zu kraulen.

»Ist Tumpe ein Bernhardiner?«, fragte ich.

»Das musst du seine Eltern fragen, ich weiß es nicht«, sagte Isa gelassen. »Man hat ihn mir gebracht, nachdem man ihn mit gebrochenem Vorderlauf gefunden hatte. Er war weder gechipt, noch war sein Ohr tätowiert, sodass wir nicht herausfinden konnten, wohin er gehörte. Also wohnt er jetzt hier. Wie geht es dir?«

»Gut«, sagte ich, ein bisschen überrascht, dass es wirklich so war. Ich fühlte mich durch und durch wohl, und mir war weder schwindlig, noch tat mir was weh, auch die Kopfschmerzen waren verschwunden. »Wo ist Mama?«

»Sie ist rausgegangen, um eine Stelle zu suchen, wo ihr Handy funktioniert. Du bist ein bisschen früher aufgewacht, als wir erwartet hatten. Musst du mal?«

Ich nickte. Plötzlich war es mir total peinlich, mit

einer fremden Frau alleine in einem fremden Haus zu sein. Sie war zwar meine Tante, aber trotzdem. Ich hatte ausgerechnet meinen alten Diddl-Schlafanzug an, für den ich eigentlich viel zu alt und außerdem zu groß war, meine Haare waren struppig, und ich hatte vier tiefe Kratzer auf der Stirn. Was sollte sie von mir denken?

Allerdings sah sie gar nicht so aus, als würde sie daran irgendetwas komisch finden. Aber sie lief ja schließlich auch mit einer Eule auf der Schulter rum … das heißt …

»Wo ist die Eule?«

»Tu-Tu? Er sitzt im Stall und schläft. Er ist in erster Linie nachts gesellig. Ich zeige dir, wo das Badezimmer ist.«

Nach Holzofen, Öllampen und Nicht-Fernseher stellte ich mich vorsichtshalber schon mal auf ein Plumpsklo oder ein Loch im Boden ein, so wie damals, als meine Mutter und ich in den Winterferien in der Türkei gewesen waren. Aber Isa hatte glücklicherweise ein ganz normales Klo. Oder fast normal, denn um zu spülen, musste man an einer Kette mit Griff ziehen, statt eine Taste zu drücken (und mir ging plötzlich auf, weshalb man von *abziehen* und spülen spricht). Das warme Wasser kam aus einem Monster von Gasboiler, der fauchend an der Wand zwischen Waschbecken und Badewanne hing.

Ich betrachtete mich selbst im Spiegel.

An einem guten Tag konnte ich mir meistens einreden, meine Haare wären glatt, seidig, dunkelblond und eigentlich ganz okay. Meine Augen waren so braun wie Mamas – und wie Tante Isas, dachte ich plötzlich – und auf Nase und Wangen hatte ich Sommersprossen, im Sommer mehr als im Winter, aber ein paar waren immer da. An einem guten Tag konnte ich mich sogar beinahe selbst davon überzeugen, dass ich auf meine ganz eigene Weise schön aussah, wenn auch nicht unbedingt modelmäßig schön.

Heute war kein guter Tag.

Meine Haare waren schlaff, strähnig und ungewöhnlich leberwurstfarben, und mein Gesicht war so blass, dass meine Sommersprossen aussahen wie Fliegenschisse, und auch wenn meine Stirn nicht mehr geschwollen war, hatte ich trotzdem noch vier tiefe rote Kratzer, mit denen ich irgendwie grimmig wirkte.

»Ich hoffe wirklich, die verschwinden wieder«, murmelte ich vor mich hin und betastete sie vorsichtig.

»Twiiiiiit«, machte jemand. Ich drehte mich ruckartig um. Auf der Fensterbank, in einer kleinen Pappschachtel mit dem Aufdruck *Wendelbos Lavendel-Seife*, lag eine Blaumeise und schaute mich aus glänzenden schwarzen Knopfaugen an. Sie legte den Kopf schief und twiiiiiitete noch einmal. Dann sperrte sie erwartungsvoll den Schnabel auf und schaukelte von einer Seite zur anderen, als rechnete sie fest damit, dass ich sie füttern würde.

»Ich bin nicht deine Mama«, sagte ich.

»Twiiiiiiiiit!«

»Hör auf damit. Ich weiß doch nicht mal, was jemandem wie dir schmeckt.«

»Twiiiiittt!!!!« Das klang jetzt eindeutig nach einem Kommando.

»Lass dich nicht von ihr schikanieren«, sagte Tante Isa, die noch in der Tür stand. »Letzten Sommer habe ich ihr geholfen, als sie einen gebrochenen Flügel hatte, aber der ist längst verheilt, und sie ist ausgezeichnet in der Lage, für sich selbst zu sorgen. Ihr gefällt nur das Hotel hier zu gut.« Sie machte das Badezimmerfenster auf und tippte die Seifenschachtel mit dem Finger an.

»So. Hoch mit deinem Luxuskörper«, sagte Tante Isa bestimmt. »Im Apfelbaum hängen Meisenknödel!«

»Twiiit«, piepste die Meise beleidigt und flatterte durch das offene Fenster nach draußen.

Mama duftete nach Nadelwald und Morgentau, als sie zurückkam. Aber sie sah nicht glücklich aus, und sie hatte es mächtig eilig damit, alles wieder ins Auto zu packen, damit wir direkt nach dem Frühstück aufbrechen konnten.

»Ich bin so froh, dass es dir besser geht, mein Schatz«, sagte sie. Und es gab keinen Zweifel daran, dass sie froh und erleichtert *war*, aber irgendetwas stimmte trotzdem nicht, das spürte ich.

»Was ist los?«, fragte ich.

»Nichts, Mäuschen. Hast du dir die Zähne geputzt?«

»Ja. Mama, *was ist los?*«

Sie schüttelte den Kopf. »Ich bin nur ein bisschen im Stress. Es ist eine hektische Woche.«

Das mochte ja sein. Aber zwischen ihr und Tante Isa stimmte etwas nicht.

»Ich hoffe, du weißt, was du tust«, sagte Isa.

»Keine Sorge«, sagte Mama scharf. »Ich führe mein Leben und du deins.«

»Ja«, sagte Tante Isa. »Aber was ist mit Clara?«

»Danke, dass du ihr geholfen hast«, sagte Mama. »Aber jetzt müssen wir nach Hause.«

Eine Viertelstunde später saßen wir wieder im Auto, ich in meiner Schlafanzughose und einem grauen Wollpulli, den Isa mir geliehen hatte, und Mama trug noch immer dieselben Sachen, die sie angezogen hatte, als wir mitten in der Nacht losgefahren waren. Wir waren zwei müde Vogelscheuchen, wir beide. Aber Mama hatte es ganz offensichtlich eilig, wieder nach Hause zu kommen. Der Kia holperte den Kiesweg hinunter, so schnell es eben ging, und auf dem Hof hinter uns standen Isa und Tumpe und winkten. Das heißt, Isa winkte. Tumpe wedelte nur.

Wir bogen in den Wald ab, und dann konnte ich die beiden nicht mehr sehen. Überrascht stellte ich fest, dass mich das traurig machte. Komisch, ich war noch nicht mal zwölf Stunden bei ihnen gewesen, und davon hatte ich den Großteil verschlafen. Aber es war so … so als würde ich sie schon jetzt ein bisschen vermissen.

»Können wir Tante Isa nicht mal wieder besuchen?«, fragte ich. »Und vielleicht ein bisschen länger bleiben?«

»Vielleicht«, sagte Mama. Aber sie sagte es auf diese spezielle Mama-Art, die in Wahrheit Nein bedeutete.

5 Die Mäppchenmaus

»Was ist denn mit dir passiert?«

Oscar zeigte so vorwurfsvoll mit dem Zeigefinger auf mich, als wäre es ganz und gar inakzeptabel, dass ich mir erlaubt hatte, etwas zu erleben, ohne ihn vorher zu fragen. Das heißt, genau genommen zeigte er nicht auf mich, sondern auf meine zerkratzte Stirn. Obwohl seitdem fast eine Woche vergangen war, waren die Kratzer noch immer deutlich zu sehen und scheußlich rot, aber heute war der erste Tag, an dem meine Mutter mich für gesund genug befunden hatte, um wieder in die Schule zu gehen.

»Ich bin von einer Katze angefallen worden«, sagte ich. »Und ich habe keine große Lust, darüber zu reden.«

Er hätte am liebsten losgelacht, das konnte ich ihm ansehen, aber aus irgendeinem Grund beherrschte er sich.

»Bist du okay?«, fragte er, plötzlich ganz ernst.

Sah ich wirklich so schlimm aus? Ich hatte kein Fieber mehr, aber nachts schlief ich immer noch schlecht.

»Ehrlich gesagt weiß ich das nicht so richtig«, sagte ich. »Mir ging's hundsmiserabel ... aber dann ... dann wurde es wieder besser.« Eigentlich wollte ich ihm von Tante Isa erzählen. Ich weiß nicht, warum ich es nicht tat, da war einfach etwas, das mich davon abhielt. Normalerweise erzählen wir uns alles. Oscar ist mein bester Freund. Wir kennen uns, seit wir zwei kleine Windel-Babys gewesen sind, und wir haben sogar irgendwann mal Blutsbrüderschaft geschlossen, nachdem wir in einem Buch davon gelesen hatten – wir waren damals noch ziemlich klein und fanden wohl, dass es wahnsinnig cool klang. Manchmal zogen uns die anderen auf und behaupteten, wir wären ein Liebespaar, aber auch wenn Oscar rot anlief und sich sogar ein paarmal deswegen geprügelt hatte, blieb er weiter mein Freund.

Er biss sich auf die Lippe. Ich glaube, er wusste nicht so richtig, was er sagen sollte. Seine strubbeligen blonden Haare standen wie immer senkrecht nach oben ab, und irgendetwas an seinen Wangen und seinem Mund ließ ihn immer so aussehen, als würde er jeden Moment loslachen. Aber seine Augen waren ernst.

»Soll ich deine Tasche nehmen?«, fragte er, was ganz unglaublich lieb von ihm war, besonders, weil es die anderen *tod*sicher dazu bringen würde, wieder mit ihrem Clara-und-Oscar-sind-VERLIEBT-Quatsch anzufangen.

»Danke«, sagte ich. »Aber das schaffe ich selbst.

So gesehen geht es mir wieder gut. Ich kann nur nicht so gut schlafen.«

Im Dänisch-Unterricht sollten wir Gruppenarbeit machen und aus einem ganzen Kapitel in einem Buch, das wir gerade lasen, die Adjektive heraussuchen. Ich war mit Josefine, die manchmal wirklich nervig sein konnte, in eine Gruppe eingeteilt worden. Sie wollte immer alles bestimmen, und auch jetzt teilte sie blitzschnell jedem einen Teil des Kapitels zu, sodass wir am Ende nicht gemeinsam darüber sprachen, sondern jeder nur für sich seine Seiten anstarrte.

Niemand wehrte sich so richtig dagegen. Ich auch nicht. Ich bin grundsätzlich jemand, der im Unterricht nicht viel sagt, und neben Josefine kam ich mir noch kleiner und dümmer vor, als ich mich sowieso schon immer fühlte. Und während sie in ihr eigenes Heft schrieb, behielt sie offenbar auch noch mich im Blick.

»Also, Clara, *zufälligerweise* ist doch kein Adjektiv! Wenn du es nicht verstanden hast, wieso fragst du dann nicht?«

»Warum machen wir es nicht einfach zusammen?«, sagte ich und merkte, wie meine Wangen vor Verlegenheit rot wurden.

»Weil es so viel schneller geht«, sagte sie und damit hatte sie wahrscheinlich sogar recht, aber sonderlich spannend war es echt nicht.

Jedenfalls nicht, bis Josefine plötzlich einen schrillen Schrei ausstieß und vom Tisch aufsprang.

»Maaaaus!«, heulte sie und zeigte mit zitterndem Finger auf mich. *»Maaaaaaaaaaaaaaaaaaaaaaaus!«*

Ich übertreibe nicht. Dieser Mäuseschrei war wirklich mehrere Sekunden lang.

Aber sie hatte recht. Vor mir auf dem Tisch, in meinem offenen Mäppchen, saß eine dünne graue Maus. Allerdings nicht sehr lange, denn noch während Josefine schrie, flitzte sie über den Tisch und verschwand in meinem linken Pulliärmel.

»Josefine, hör mit der Schreierei auf«, sagte Herr Eriksen, unser Dänischlehrer. »Was für eine Maus?«

»Da«, sagte sie und fuchtelte mit beiden Händen in meine Richtung. »In Claras Mäppchen!«

»Da ist doch keine Maus.«

»Nein, jetzt nicht mehr, aber …«

»Habt ihr anderen die Maus gesehen?«, fragte Herr Eriksen. Markus und Tea, die ebenfalls zu unserer Arbeitsgruppe gehörten, schüttelten den Kopf. Sie hatten zu Josefine geschaut, weil sie so schrie, und nicht zur Maus.

Und ich sagte auch nichts. Ich konnte den kleinen, warmen Körper der Maus auf der Haut spüren, in meinem Ärmel, ihre spitzen, kleinen Krallen und ihr weiches Bauchfell, aber ich sagte nichts.

»Da *war* eine Maus«, sagte Josefine.

Herr Eriksen beugte sich nach unten und warf einen Blick unter den Tisch. Jetzt schaute die ganze

Klasse auf den Boden und spähte unter Stühle und Tische.

»Ihhh, da, eine *Maaaaus*!«, quietschte Amjad mit aufgesetzt schriller Stimme, die ausreichend an Josefines erinnerte, um die anderen zum Lachen zu bringen.

»Ja, danke, es reicht jetzt, Amjad. Setzt euch wieder hin. Josefine, falls da eine Maus gewesen ist, dann ist sie jetzt jedenfalls weg. Seht zu, dass ihr langsam mit eurer Aufgabe fertig werdet.«

Die restliche Stunde saß ich ganz still mit einer Maus im Ärmel an meinem Platz, und es fiel mir ein bisschen schwer, mich auf den Unterschied zwischen Adjektiv und Adverb zu konzentrieren. Die Maus tat gar nichts. Sie bewegte sich nicht, abgesehen von einem leichten Zittern ab und an. Sie versuchte nicht, meinen Arm weiter hochzulaufen, und sie versprach sich offenbar auch nichts davon, die Schnauze in die Luft zu strecken. Sie versteckte sich nur – und wartete. Ohne dass ich selbst verstand warum, ließ ich sie einfach gewähren. Und als die Stunde endlich um war, packte ich meine Bücher ein, wobei ich meinen linken Arm so wenig wie möglich benutzte, warf meinen Rucksack über die rechte Schulter, nahm meine Jacke vom Haken und ging.

»Willst du die Jacke nicht lieber anziehen?«, fragte Oscar. »Ich meine, wo du doch gerade erst krank warst …«

Obwohl es Oscar war, der das sagte, klang es irgendwie mama-mäßig. Ich glaube, er machte sich wirklich Sorgen um mich. Ich schaute mich hastig um. Josefine war nicht in der Nähe, und Herr Eriksen stand ein Stück weg und besprach irgendwas mit einem anderen Lehrer.

»Ich habe eine Maus im Ärmel«, sagte ich leise.

»*Was* hast du?«

»Psssst.«

Er starrte mich an. »Ist sie zahm?«, fragte er. »Ist es eine von diesen Weißen?«

»Nein. Komm. Ich muss rausfinden, was sie von mir will.«

»Hä?«

Ich hörte ja selbst, wie bescheuert das klang, aber ich wusste einfach, dass sie etwas von mir wollte. Dass es kein Zufall war, dass sie sich erst in meinem Mäppchen und dann in meinem Ärmel versteckt hatte.

»Ich weiß auch, dass das komisch klingt«, sagte ich.

Er grinste. »Hey. Du *bist* komisch«, sagte er. »Das ist nichts Neues.«

»Gar nicht wahr. Ich bin ganz normal.« Klein, schüchtern und leberwurstartig vielleicht, aber normal. Zumindest bis zu dem Tag, an dem mich eine Riesenkatze angefallen und dafür gesorgt hatte, dass ich aussah, als wäre ich in ein Reibeisen gelaufen. »Jedenfalls auch nicht komischer als du!«

»Komm schon«, sagte er nur. »Ich will die Maus sehen.«

Wir gingen zu den alten Toiletten im Hof, die fast niemand mehr benutzte, weil sie aus einer Zeit stammten, in der Kinder noch mit kurzen Hosen rumliefen und jeden Donnerstag eine Tracht Prügel bekamen. Außerdem stank es dort. Vorsichtig zog ich den Ärmel hoch, damit wir beide die Maus anschauen konnten.

Es war eine ganz gewöhnliche Hausmaus, mit grauem Fell und langem Schnäuzchen, mit weißen Tasthaaren und glänzenden schwarzen Augen. Ihre Vorderpfoten waren rosa und erinnerten an winzig kleine Hände. Sie lief nicht weg, sondern setzte sich auf die Hinterpfoten und wackelte mit der Nase.

»Die ist aber niedlich«, sagte Oscar. »Aber die muss jemandem gehören, die ist ja ganz zahm.«

»Das glaube ich nicht«, sagte ich.

»Warum nicht? Eine normale Maus wäre schon längst abgehauen.«

»Mit der hier stimmt was nicht«, sagte ich. »Schau mal ihre Schnauze an.«

Oscar beugte sich nach vorne, um besser sehen zu können. »Stimmt«, sagte er. »Sie ist verletzt.«

Vorsichtig hob ich den Arm, bis die Maus auf Augenhöhe mit mir war. Sie ging wieder auf alle viere und hielt sich mit ihren rosa Pfoten ein bisschen besser fest, aber sie blieb sitzen.

Oscar hatte recht. Auf einer Seite der Schnauze war ein Klecks aus getrocknetem Blut und Flüssigkeit und mittendrin steckte etwas Schwarzes. Ein

Dorn. Ein dünner Dorn von irgendeinem Busch hatte sich durch die Oberlippe der Maus gebohrt und saß noch immer dort fest, sodass sie ihr Maul nicht richtig zumachen konnte.

»Oh, die Arme«, flüsterte ich. »Deshalb ist sie so dünn. Sie kann ja nicht mehr fressen.« Und ohne darüber nachzudenken, griff ich den Dorn mit Daumen- und Zeigefingernagel und zog ihn heraus.

Die Maus stieß ein schrilles kleines Piiiiep aus, dann rieb sie sich zehn, zwölf Mal mit den Vorderpfötchen die Schnauze. Schließlich huschte sie meinen Arm hinunter, über meinen Bauch und das Hosenbein, bis sie auf den alten roten Steinboden springen konnte. Dort setzte sie sich für eine kurze Sekunde auf die Hinterbeine und putzte sich noch einmal die Schnauze. Es sah beinahe so aus, als würde sie winken.

»Tschüss«, sagte ich. »Pass gut auf dich auf.«

Eine flinke Bewegung, fast nur ein grauer Funke, dann war sie weg. Routiniert war sie in einem Spalt zwischen Türstock und Fußboden verschwunden. Oscar starrte ihr nach. Dann starrte er stattdessen mich ein bisschen an.

»Okay«, sagte er. »Du hältst dich also für normal? Das kannst du echt vergessen.«

6 Ein Engel im Nebel

Wir gingen zusammen nach Hause, Oscar und ich. Wir wohnen beide im selben Häuserblock, dem Stjernegård, nur wohnt er auf der anderen Seite an der Jupiter Allee, während Mama und ich in der Merkurgade wohnen. Die Häuser hier sind alt, deshalb haben die Wohnungen hohe Decken und winzige Toiletten. Im Innenhof ist eine Gartenanlage, die nach und nach wunderschön urwaldartig zugewuchert ist, mit Kastanienbäumen und Fliederbüschen und so. Nach Erzählungen meiner Mutter begann Oscars und meine Freundschaft, als wir beide in jeweils eine Ecke des Sandkastens gesetzt wurden. Wir schauten uns an und krabbelten sofort verzückt, und so schnell wir zwischen Sand, Plastikeimern und anderen Sandkastenkindern konnten, aufeinander zu.

Oscars Mutter ist auch alleinerziehend. Sie heißt Malene und ist Juristin in irgendeinem Büro in der Innenstadt.

Auf dem Fahrradweg konnten wir die meiste Zeit nebeneinander herfahren. Es war grau und diesig und es platschte, wenn wir durch die Pfützen fuhren. Als wir an die Jernbanegade kamen, war der Fahrradweg zu Ende und ich musste mich hinter Oscar einfädeln. Autos rauschten dicht an uns vorbei und spritzten unsere Beine nass.

»Es ist ganz schön neblig«, rief Oscar über die Schulter und fuhr ein bisschen langsamer.

Und er hatte recht. Der Asphalt glänzte und zwischen den Häusern hing klammer grauer Nebel, der so dicht war, dass die Straßenlaternen von selbst angingen, obwohl es erst zwei Uhr mittags war.

»Vielleicht sollten wir lieber schieben«, sagte ich. »Es ist echt nicht so einfach zu sehen, wo man hinfährt.«

Wir sprangen von den Rädern und schoben sie das letzte Stück der Jernbanegade auf dem Bürgersteig.

»Sogar die Ampeln sind kaum zu erkennen«, sagte Oscar.

Es war wirklich so. Man musste sehr genau hinschauen, um zu erkennen, dass die Fußgängerampel rot war. In dem Nebel war nicht mehr als ein schwacher roter Schimmer zu sehen. Als es grün wurde, gingen wir rüber. Und genau da passierte etwas total Seltsames.

Der Bürgersteig verschwand.

Ich weiß selbst, dass das keinen Sinn ergibt, aber als wir auf der anderen Straßenseite ankamen, war da kein Bürgersteig mehr. Wo sonst Pflastersteine und

Rinnstein waren, war jetzt nichts als Gras. Dickes, knöchelhohes Gras. Wie eine Wiese, die schon ein paar Wochen nicht mehr gemäht worden war.

Ich blieb stehen.

»Oscar …«

»Ja?«, sagte er.

»Wo ist der Bürgersteig?«

Er antwortete nicht sofort. Wir standen beide da, und ich konnte nichts sehen als ihn und mich und unsere Fahrräder – und dieses Gras, das hier genau genommen gar nicht sein konnte.

»Vielleicht sind wir aus Versehen in irgendeinem Garten gelandet«, sagte Oscar.

»In der Jernbanegade? Da gibt es doch keine Gärten.«

»Wir sind wahrscheinlich irgendwo falsch abgebogen …«

In langsamen grauen Wirbeln bewegte sich der Nebel um uns herum. Jetzt konnte man nicht einmal mehr die Hausmauern sehen, obwohl wir eigentlich direkt daneben stehen mussten. Der Verkehrslärm war verstummt. Und es waren auch keine Menschen, Autos oder Räder mehr zu erkennen, die sich durch den Nebel bewegten. Ich spürte ein seltsames nasses Kribbeln im Nacken – ungefähr so, als würde ein Gespenst hinter mir stehen und mir auf die Schulter tippen. Ich drehte mich um. Mehr Nebel.

Dann plötzlich kam ein Windstoß und fegte den Nebel beiseite. Zumindest einen *Teil* des Nebels. Es sah aus, als würde sich inmitten des Ganzen eine Art Tunnel öffnen, ein Trampelpfad mit Nebeldecke und Nebelwänden. Und auf dem Pfad kam … etwas.

Es war kein Mensch. Jedenfalls habe ich noch nie einen Menschen mit Flügeln gesehen. Sie ragten ein paar Meter über den Kopf der Gestalt hinaus und ließen sie *riesengroß* erscheinen, obwohl sie genau genommen gar nicht so schrecklich viel größer war als ich. Dabei hatte sie die Flügel noch nicht einmal ausgebreitet, sondern am Rücken angelegt. Sie waren nicht weiß, wie ich eigentlich erwartet hätte, sondern braun und grau wie Raubvogelflügel.

Auch das Gesicht der Gestalt erinnerte an einen Vogel. Es war schmal, mit einem spitzen Kinn und einer spitzen Nase, die fast wie ein Schnabel nach vorne ragte. Ihre Augen waren funkelnd gelb. Das weiß ich, denn sie schaute mich geradewegs an.

»Hexenkind«, sagte sie mit einer zischenden, lispelnden Stimme. »Viridians Blut. Komm mit mir.«

Ohne darüber nachzudenken, machte ich einen Schritt nach vorne. Wenn ein Engel ruft, dann folgt man ihm schließlich. Und das musste ja ein Engel sein, nicht wahr? Mit diesen Flügeln.

Doch dann passierten zwei Dinge, sehr schnell nacheinander.

Etwas rammte seitlich meinen Oberschenkel, sodass ich beinahe das Gleichgewicht verlor, und ein schwarzer Schatten schoss mit wildem, gellendem Katzenkampfschrei auf den Engel zu. Unvermittelt stieg mir wieder der Tanggeruch in die Nase, der zu dem Riesenkater gehörte. Die Engelsgestalt wich ein paar Schritte zurück und hob abwehrend die Hände – obwohl, eigentlich waren es eher Klauen als Hände, ihre Nägel waren ja mindestens so lang wie die Hände selbst. Dann war die Katze über ihr. Sie schrien alle beide, ungefähr gleich schrill, und eine dünne Fontäne Blut spritzte in die Luft und wurde zu einem feinen Schauer aus roten Tropfen.

Im selben Moment wurde ich von Oscar gepackt und zur Seite gezerrt. Wir stürzten beide und landeten in einem Gewirr aus Fahrradreifen, Armen und Beinen.

»Pass auf!«, brüllte er, und aus dem Nebel tauchte die Front eines Lastwagens auf. Scheinwerfer, quietschende Bremsen, Kühlergrill und Motorenlärm. Das Ganze donnerte auf uns zu, und ich wimmerte – ein dünner, kleiner, verängstigter Laut – und rollte mich, so schnell ich konnte, auf die Seite.

Dann ein Knirschen und der durchdringende Gestank von verbranntem Gummi.

Ich lag auf dem Bürgersteig, den Rücken an den Betonsockel eines Hauses gepresst, Oscar auf meinen Beinen. Kaum einen Meter von uns entfernt türmte sich das Führerhaus des Lastwagens auf, und unsere Fahrräder lagen beide zerquetscht unter seinen mächtigen Vorderrädern.

Die Tür ging auf, und der Fahrer sprang heraus. Unter seinem Truckerkäppi war er leichenblass.

»Ist euch was passiert?«, fragte er. »Seid ihr okay? In dem Nebel habe ich euch überhaupt nicht gesehen, erst im allerletzten Moment. Seid ihr okay?«

Der Engel war weg. Die Katze war weg. Es gab keinen Nebeltunnel mehr, wie überhaupt der ganze Nebel sich gelichtet hatte.

Ich streckte mich, um sicherzugehen, dass ich noch immer Arme und Beine hatte und mich bewegen konnte. Das konnte ich. Aber Oscar lag reglos da.

»Oscar?«, flüsterte ich. Und dann etwas lauter: »Oscar!«

»Ja, ja«, sagte er gereizt, als hätte ich ihn aufgefordert, aufzustehen und in die Schule zu gehen. »Uh. Autsch, mein Kopf tut weh.«

Er setzte sich zur Hälfte auf, und ich sah einen dünnen Streifen Blut, der aus einer Platzwunde auf seiner Stirn sickerte. Bestimmt war er mit dem Kopf gegen die Mauer oder den Bordstein geknallt. Aber wenigstens hatte er sich aufgesetzt, schaute mich an und war in der Lage zu sprechen.

Eine Reihe anderer Leute hatte sich um uns versammelt. Eine ältere Dame in einem sehr flauschigen grünen Wintermantel hielt schon ein Handy in der Hand und wählte eine Nummer.

»Hallo? Notrufzentrale? Wir brauchen einen Krankenwagen an die Ecke Jernbanegade – Vestergade. Es hat einen Unfall gegeben …«

Oscar kam wegen Verdachts auf Gehirnerschütterung zur Überwachung ins Krankenhaus. Ich durfte glücklicherweise einfach nach Hause, nachdem ich mir lediglich am Ellenbogen die Haut abgeschürft hatte, an fast genau derselben Stelle, an der ich mir auch die Verletzung zugezogen hatte, als ich mit dem Kater zusammen den Treppenschacht heruntergestürzt war. Ich hatte keine Gehirnerschütterung. Aber das Gefühl, als wäre in meinem Innersten alles erschüttert worden.

Ich hatte einen Engel gesehen. Und ich war weniger als einen Meter davon entfernt gewesen zu sterben. Hingen die beiden Dinge zusammen? War die Engelsgestalt wirklich gekommen, um mich zu holen, als der Kater sie angegriffen hatte? Und wie hatte sie mich noch gleich genannt? Hexenkind. Und noch irgendwas mit Blut?

Von außen betrachtet war alles ganz einfach. Ein Junge und ein Mädchen verirren sich auf dem Heimweg nach der Schule im Nebel und geraten auf die Fahrbahn. Ein Lastwagenfahrer bremst, glücklicherweise gerade noch rechtzeitig. Der Junge hat sich den Kopf ein bisschen gestoßen, dem Mädchen fehlt nichts. Ende des Berichts.

Aber das war ja nur die halbe Wahrheit. Der Engel, der Kater, der Bürgersteig, der sich in Gras verwandelt hatte … von alldem stand nichts im Polizeibericht, denn außer mir hatte offenbar niemand etwas davon gesehen. Nicht mal Oscar. Doch, das Gras.

Aber weder den Engel noch den Kater. Wie konnte man etwas *nicht* sehen, das fast vier Meter hoch war? Ich verstand gar nichts mehr.

Mama rief Malene an – also Oscars Mutter – und erfuhr, dass das Krankenhaus ihn noch dabehalten würde, es ihm aber gut ging und er sicher in ein paar Tagen wieder nach Hause durfte.

»Er hat mir das Leben gerettet«, sagte ich. Das klang zwar dramatisch, aber so war es schließlich gewesen. Hätte er mich nicht zur Seite gezogen, hätte der Laster mich erwischt. Und dann hätte der Engel vermutlich meine Seele bekommen, oder was auch immer er von mir haben wollte.

»Du musst dich wirklich vorsehen«, sagte Mama und fing wieder an, vor lauter Schreck und Sorge mit mir zu schimpfen. »Du weißt doch verflixt noch mal, dass du im Straßenverkehr aufpassen musst!«

»Mama …«

»Ja. Entschuldige, Clara-Maus. Ich weiß ja, dass es neblig war. Aber du musst einfach aufpassen!«

Das hatte sie jetzt schon mindestens zehn Mal gesagt. Ich konnte es wirklich nicht mehr hören. Ich fing an zu schluchzen und versuchte, ein paar Tränen herauszupressen, aber es wollte mir nicht richtig gelingen.

»Es lag ja nicht daran, dass ich nicht aufgepasst habe! Es war nicht meine Schuld!« Ich konnte nicht mehr ertragen, dass Mama noch weiter mit mir schimpfte. Nicht jetzt. »Alles ist falsch«, schniefte ich. »Mit mir stimmt was nicht, oder? Sie hat mich Hexenkind genannt …«

Mama stand plötzlich ganz still, noch immer ihr Handy in der Hand.

»Wer hat das gesagt?«, fragte sie.

»Sie. Dieser Engel. Aber außer mir hat niemand sie gesehen, nicht mal Oscar. Den Kater auch nicht …«

Und dann platzte das Ganze aus mir heraus: der Nebeltunnel, das Bordsteingras, die Riesenflügel und die zischende Stimme, der Kampfschrei des Katers und der Geruch von Tang.

Mama ließ mich erzählen, ohne mich zu unterbrechen. Sie setzte sich neben mich an den Küchentisch und hörte sich alles an, ohne ein Wort zu sagen. Erst als ich beim Krankenwagen angekommen war, der mit Oscar wegfuhr, und den Fahrrädern, die völlig platt und schief gequetscht worden waren, nahm sie mich in den Arm, zog mich an sich und murmelte in meine Haare: »Uns bleibt nichts anderes übrig.«

»Was?«, fragte ich.

»Uns bleibt nichts anderes übrig, als ein paar Tage Urlaub zu machen. Du und ich. Bei Tante Isa.«

7 Selbstverteidigung für Wildhexen

»Es ist nicht sehr groß«, sagte Tante Isa. »Aber wenn wir ein bisschen aufräumen, wird es schon gehen.« Sie schaute sich in der Dachkammer um, als erwarte sie, dass Kartons, Kisten und Klamottenberge plötzlich einfach aufstehen und von selbst aus der Tür marschieren würden.

»Das kann ich übernehmen«, sagte Mama. »Du musst mir nur sagen, was ich mit den Sachen machen soll.«

»Das meiste kann rüber in den Dachboden über dem Stall«, sagte Tante Isa.

»Kann ich nicht einfach wie letztes Mal auf dem Sofa schlafen?«, protestierte ich.

»Da schläft Tumpe.« Tante Isa hob einen verstaubten Umzugskarton von dem alten eisernen Bettgestell herunter, das unter der Dachschräge stand. »Es ist sicher das Beste, wenn du dein eigenes Zimmer bekommst.«

Das klang so … dauerhaft. Als sollte ich hier einziehen und nicht nur »ein paar Tage Urlaub« machen, wie Mama gesagt hatte.

Bis vor zwei Wochen war ich Tante Isa noch nie begegnet und jetzt sollte ich plötzlich mein eigenes Zimmer bei ihr haben. Ich konnte mir leicht zusammenreimen, dass das mit all dem anderen zusammenhing, mit all dem Seltsamen – dem Kater, dem Engel, dem Nebel … Aber was hatte es zu bedeuten?

»Könnte mir eine von euch vielleicht langsam erzählen, was hier eigentlich los ist?«, bat ich.

Mama und Isa sahen sich an. Dann nickte Mama, langsam und widerwillig.

»Übernimmst du das?«, fragte sie Isa. »Du kannst das besser als ich.« Und dann schaute sie weg, als wäre das etwas, wofür sie sich schämte. Tante Isa runzelte die Augenbrauen.

»Wie lange willst du noch –«, setzte sie an, aber dann unterbrach sie sich selbst. »Nein. Das können wir später immer noch diskutieren. Komm, Clara. Ich mache uns einen Tee und dann werde ich versuchen, deine Fragen zu beantworten.«

Und während Mama oben unter dem Dach herumrumorte und aufräumte, saßen Tante Isa und ich in der Küchenecke an einem kleinen Tisch mit karierter Decke und tranken Tee. Tumpe hatte sich unter den Tisch zwischen unsere Beine gequetscht, obwohl da eigentlich gar nicht genug Platz für ihn war. Und auf der Fensterbank an der Spüle lag eine Amsel in einer Schuhschachtel voller Papierstreifen und beobachtete uns aus schwarzen Knopfaugen, während sie sich in aller Ruhe das Gefieder ihres Flügels putzte.

»Was willst du wissen?«, fragte Tante Isa.

Ungefähr eine Million Sachen, dachte ich. Aber was war das Wichtigste?

»Werde ich sterben?«, platzte es aus mir heraus, ohne dass ich mich eigentlich dafür entschieden hatte, es laut auszusprechen.

Tante Isas Augenbrauen schossen nach oben, sodass sich tiefe Furchen auf ihrer Stirn bildeten.

»Wie kommst du darauf?«, fragte sie.

»Weil … weil – erst war da dieser Kater und die Bakterien, an denen man sterben kann … und dann … gestern … da kam dieser Engel und wollte mich mitnehmen. Und dann wären Oscar und ich beinahe von einem Laster überfahren worden.«

Isa stellte ihren Teebecher ab. »Wie sah diese Engelsgestalt aus?«, fragte sie.

»Groß«, sagte ich. »Das heißt, ihre Flügel waren groß. Total riesig. Und sie waren nicht weiß, eher so grau-braun gestreift. Und sie hatte gelbe Augen, womit ich bei einem Engel ja eher nicht gerechnet hätte.«

Für einen Moment schloss Isa die Augen. Als sie sie wieder aufmachte, sah sie mich lange an. So lange, dass mir ganz mulmig wurde.

»Das war kein Engel.«

»Was denn dann?«

»Früher war sie eine Wildhexe. Was sie heute ist … ich glaube, darauf kann nicht einmal sie selbst eine Antwort geben.«

Es war nicht so, dass die Flamme der Öllampe plötzlich stärker geflackert hätte, oder ein eisiger Windhauch durch das Zimmer gezogen wäre. Aber trotzdem kam es mir vor, als wäre es mit einem Mal dunkler und kälter in der Küche geworden.

»Wer ist sie?«, fragte ich, mit einer Stimme, die noch dünner klang als sonst.

»Sie nennt sich Chimära. Aber erwähne ihren Namen nie außerhalb dieses Hauses, sie findet dich auch so schon viel zu leicht.«

»Mich finden? Was will sie von mir?«

Isa streckte ihre Hand aus und strich mir leicht über die Wange.

»Ich weiß es nicht, Clara. Aber wir werden dafür sorgen müssen, dass sie dich nicht erwischen kann.«

Tante Isa ließ mich Jacke und Stiefel anziehen und nahm mich mit nach draußen. Wir gingen ein Stück den Kiesweg hinunter, überquerten die kleine Wiese mit dem Bach, bis wir am Gatter standen.

»Bis hierher«, sagte sie und zeigte auf drei weiße Steine, die so weit in den Boden eingegraben waren, dass man sie gerade noch sehen konnte. »Du darfst *auf keinen Fall* weiter gehen als bis hierher, es sei denn, ich bin dabei.«

»Warum?«, fragte ich.

»Weil ich dich nicht mehr schützen kann, wenn du meinen Wildhag verlässt.«

»Was ist ein –«

»– Wildhag? So nennt man das Gebiet, in dem eine Wildhexe andere schützen kann.«

Zum zweiten Mal hatte sie dieses Wort gesagt. Wildhexe. Ich stand in der Dämmerung und schaute meine Tante an. Tu-Tu war angeflogen gekommen, sobald wir auf den Hof herausgetreten waren, und hatte sich auf ihre Schulter gesetzt. Sie trug einen ganz gewöhnlichen Regenmantel und einen alten gelben Regenhut, ihre braunen Indianerzöpfe hatte sie in den Kragen gesteckt, sodass man sie nicht sehen konnte.

»Du bist eine Hexe«, sagte ich. Und das war keine Frage.

»Eine Wildhexe«, sagte sie, als wäre es die natürlichste Sache der Welt. »Ich kümmere mich um alle Geschöpfe der Wilden Welt, und im Gegenzug kümmern sie sich ein bisschen um mich.« Tumpe wedelte, und Tu-Tu rieb seinen Schnabel an der Krempe ihres gelben Huts.

»Aber du hast gesagt, Chimära wäre auch eine Wildhexe …«

»Nein. Ich sagte, sie *war* eine Wildhexe. Sie hat ihr Hexenversprechen schon vor langer Zeit gebrochen, und jetzt nimmt sie sich, was sie will, ohne etwas zurückzugeben.«

Ich sah sie wieder vor mir. Die gelben Augen, das scharf geschnittene Gesicht.

Komm mit mir, Hexenkind.

»Was … will sie von mir?«

Isa schüttelte den Kopf. »Ich weiß es nicht, Clara.«

»Sie hat mich Hexenkind genannt«, sagte ich. »Aber Mama … Mama ist keine Hexe.«

»Nein. Deine Mutter wünscht sich nichts mehr, als dass alles gewöhnlich und normal ist, dass man alles in die Hand nehmen und anfassen kann. Aber so ist die Welt nun mal nicht.«

Isa sah mich an, legte den Kopf ein wenig schief und kniff die Augen zusammen. Ich konnte ihren Blick *spüren*. Es fühlte sich ein bisschen so an, als würde sie mir plötzlich mit einer Taschenlampe direkt in den Kopf leuchten. »Clara … wäre es sehr schlimm für dich, wenn ich dir erzählen würde, dass du auch eine Wildhexe bist – oder zumindest eine werden kannst, wenn du möchtest?«

Tu-Tu schlug mit den Flügeln. Auf der Unterseite waren sie sehr hell, fast silbern, und ich starrte ihn und seine Silberflügel an, um meine Tante nicht ansehen zu müssen.

»Ich weiß doch gar nicht, was das bedeutet«, sagte ich schließlich. »Wenn es bedeutet, dass ich in einer Höhle im Wald leben muss und keine Freunde mehr haben kann …«

»Natürlich kannst du Freunde haben«, sagte Isa. »Nur werden manche von ihnen eben Federn oder ein Fell haben.«

Ich schüttelte den Kopf. »Also, es ist ja nicht so, dass ich keine Tiere mag …«

»Aber du hättest auch gerne noch ein paar

Freunde, die ihr Häufchen nicht einfach auf den Boden machen oder in regelmäßigen Abständen Mäuseknochen hochwürgen? Sei beruhigt, du wirst hier auch andere Menschen kennenlernen. Vielleicht schon morgen. Clara, du musst nicht so leben wie ich, oder so sein wie ich. Aber du wirst zumindest so viel lernen müssen, dass du auf dich selbst aufpassen kannst.«

»Wie mache ich das?«

»Darum kümmern wir uns morgen. Selbstverteidigung für Wildhexen, Lektion 1.«

Sie lächelte, und ich versuchte, ihr Lächeln zu erwidern. Aber ich war mir eigentlich nicht so sicher, ob es wirklich etwas zu lachen gab.

Als wir zurückkamen, hatte Mama die Dachkammer fertig aufgeräumt. Sie hatte die Öllampe dort oben angezündet und das Bett gerichtet, mit jeder Menge Decken und Kissen und einem alten schwarz-weiß karierten Bettüberwurf, der über und über mit kleinen roten Rosen bestickt war. Mit seinen schrägen Wänden, dem kleinen runden Fenster und einem rosa Flickenteppich auf dem Boden sah das Zimmer wirklich ziemlich gemütlich aus. Aber da war nur ein Bett.

»Und wo schläfst du?«, fragte ich sie.

Mama setzte sich auf das Bett und klopfte mit der Hand auf den Bettüberwurf.

»Clara-Maus. Setz dich mal zu mir.«

Das war ihre »Es-gibt-etwas-worüber-wir-sprechen-müssen-Stimme«, und ich spürte, wie der Kloß, den ich seit der Sache mit dem Laster im Magen hatte, noch ein bisschen größer wurde.

»Was ist denn?«, fragte ich.

»Ich muss zurück in die Stadt.«

Jetzt füllte der Kloß meinen ganzen Magen aus. Drückte nach oben und zerquetschte mein Herz. Drückte nach unten, sodass es sich anfühlte, als müsste ich pinkeln.

»Aber das darfst du nicht«, flüsterte ich. Denn irgendwie war dieser Gedanke noch schlimmer als alles andere. Schlimmer, als dass ich vielleicht eine Wildhexe wie Tante Isa war. Oder dass ich in etwas mehr als einer Woche zweimal beinahe gestorben wäre, dass mich eine Monsterkatze verfolgt hatte und ein Nicht-Engel mich bedrohte und damit sogar Tante Isa Angst einjagte – das alles zusammen konnte ich *vielleicht* aushalten, solange Mama hier war.

»Es geht nicht anders«, sagte sie.

»Kannst du nicht einfach von hier aus arbeiten? Irgendwo in der Nähe kommt man doch bestimmt ins Internet …«

»Es geht doch nicht um die Arbeit, Clara. Wie kannst du das denken? Du bist doch wichtiger als eine dumme *Arbeit.*« Sie sah angespannt und unglücklich aus.

»Worum geht es denn dann?«

Darauf gab sie mir keine Antwort. Sie legte mir

nur den Arm um die Schulter und drückte mich kurz.

»Clara, wir haben keine Wahl«, sagte sie. »Ich finde es auch schrecklich. Schließlich ist es meine Aufgabe, auf dich aufzupassen und nicht Isas. Aber ich kann dir einfach nicht helfen, nicht in diesem Fall. Ich beherrsche das, was sie kann, einfach nicht.«

»Ja, aber wie lange soll ich denn hierbleiben?«

»Bis Isa sagt, dass du gefahrlos nach Hause kannst.«

Vermutlich wenn ich *Selbstverteidigung für Wildhexen, Lektion 1* bestanden hatte. Was auch immer das heißen mochte.

»Und was, wenn ich nicht einverstanden bin?«

»Clara-Maus. Du hast keine Wahl. Hörst du? Du musst mir versprechen, dass du alles machst, was Tante Isa dir sagt. Wenn ... wenn es einen anderen Ausweg gäbe, denkst du wirklich, ich würde dich hierlassen? Es wird nicht lange dauern.«

»*Wie* lange?«

»Ein paar Wochen vielleicht. Wenn du dich anstrengst.«

»Und dann wird alles wie früher? Und ich kann wieder nach Hause?«

»Ja.«

Ein paar Wochen. Das konnte ich doch wohl aushalten.

»Okay«, sagte ich. »Dann mache ich es.«

»Das ist gut, Mäuschen.« Sie küsste mich auf die Haare.

Sofort nach dem Essen reiste Mama ab. In dieser Nacht schlief ich zum ersten Mal unter der Dachschräge in der kleinen Kammer, während draußen der Wind in den Bäumen rauschte und der Regen gegen das kleine runde Fenster prasselte.

8 Flöhe, die springen

Ich wachte mit dem verwirrenden Gefühl auf, in dieser Nacht besonders wild geträumt zu haben. In der Kammer war es kalt, viel kälter als in meinem zentralbeheizten Zimmer zu Hause. Der Gedanke, mein warmes Nest aus Decken und Steppdecken zu verlassen, war nicht besonders verlockend, aber ich musste aufs Klo und mein Magen knurrte vor Hunger. Ich streckte die Arme nach meinem Pulli und den Jeans aus und zog meine Sachen unter der Decke an. Dann stand ich auf.

Als ich nach unten kam, hörte ich Stimmen aus der Küche. Erst freute ich mich, denn ich dachte, meine Mutter wäre doch wieder zurückgekommen, aber dann fiel mir auf, dass die zweite Stimme viel heller und jünger war als die meiner Mutter und irgendwie einen fremdartigen Klang hatte.

»Wie lange bleibt sie hier?«

»Das weiß ich nicht, Kahla«, antwortete Tante Isa. »Es hängt davon ab, wie sie vorankommt.«

»Dann lernt sie hoffentlich schnell. Und macht sich nicht jedes Mal vor Angst in die Hosen, wenn ihr etwas begegnet, das größer ist als eine Hausmaus.«

»Kahla!«

»Ich sage nur, wie es ist.«

»Nein. Du sagst, wie *du* glaubst, dass es ist. Wenn du eine richtige Wildhexe werden willst, wirst du noch einiges über Mitgefühl und Höflichkeit lernen müssen!«

Ich stand draußen vor der Küchentür und hatte überhaupt keine Lust mehr reinzugehen. Diese Kahla hasste mich. Sie hatte mich noch nie gesehen, und trotzdem konnte sie mich ganz offensichtlich nicht leiden und hielt mich für klein, dumm und lächerlich.

Natürlich hätte mir das eigentlich egal sein sollen. Oder mich bestenfalls ärgern. Aber so läuft es bei mir einfach nicht. Wenn mich jemand für klein, dumm und lächerlich hält, dann bin ich es auch und kann plötzlich gar nichts mehr. Nicht mal mehr die Küchentür aufmachen.

»Clara?«, sagte Tante Isa plötzlich. »Komm doch rein.«

Sie konnte mich nicht sehen, aber wahrscheinlich hatte sie mich gehört. Auf jeden Fall wusste sie, wo ich war. Ich schob die Tür zur Küche auf. Gut, dass ich mich schon angezogen hatte. So stand ich wenigstens nicht in meinem viel zu kleinen Diddl-Schlafanzug und mit eiskalten, nackten Zehen da. Es war schlimm genug, dass meine Haare in alle Richtungen abstanden.

»Hallo«, sagte ich.

Tumpes Schwanz klopfte freundlich auf den Boden, dunk-dunk-dunk, aber er war offenbar zu verschlafen und morgenmuffelig, um ausgerechnet jetzt aufzustehen. Isa lächelte, als sie mich sah. Und das Mädchen, das Kahla sein musste, warf mir den finstersten bösen Blick zu, den ich seit Langem gesehen hatte. Genauso gut hätte sie mir den Stinkefinger zeigen können.

»Guten Morgen, Clara. Kahla, das ist meine Nichte Clara. Und Clara, das hier ist Kahlamindra Millaconda, die auch bei mir in die Lehre geht.«

Kahla war nicht besonders groß, aber dafür rund wie ein Schneemann. Nicht etwa weil sie dick gewesen wäre, sondern weil sie in so viele Kleiderschichten eingepackt war, dass man sie hätte über den Boden rollen können. Sogar hier im Haus hatte sie eine Mütze auf, so ein Inka-Teil mit Ohrwärmern und einem kleinen Bommel oben in der Mitte, außerdem trug sie mehrere Schals, dicke Wollpullover, Westen, Filzstiefel, Hosen und jede Menge Wollröcke. In allen Farben des Regenbogens sowie einigen Farben, von denen selbst der Regenbogen noch nie gehört hatte. Pechschwarze Haare ragten unter der Inka-Mütze heraus, und das bisschen Haut, das nicht von drei Schichten bunter Wolle verdeckt wurde, hatte einen warmen zimtbraunen Ton.

»Hallo«, murmelte ich.

»Hallo«, sagte sie.

Und das war alles, was wir einander zu sagen hatten. Sollte Tante Isa an Kahla gedacht haben, als sie davon sprach, dass ich Freunde finden würde, die nicht regelmäßig Mäuseknochen hochwürgen … dann, dachte ich, ja dann würde sie lange warten müssen.

Beim Frühstück herrschte angespanntes Schweigen, und wir beobachteten uns heimlich über den Topf mit der Grütze hinweg. Tante Isas Blick wanderte von einer zur anderen, aber zu meiner Erleichterung versuchte sie nicht, das Eis zu brechen und ein Gespräch in Gang zu bringen. Nachdem wir unsere Teller und den Topf zum Einweichen in die Spüle gestellt hatten, nahm Tante Isa uns mit nach draußen. Es war kalt und novembrig und es nieselte. Wir kletterten hinter ihr den Hügel hinter dem Stall hoch, Kahla, ich und natürlich auch Tumpe, der glücklich wedelte und das Ganze offensichtlich großartig fand. Ich war nicht ganz so begeistert. Die Erde war nass und matschig, und ich rutschte ein paarmal aus. Hinterher hatte ich lehmige braune Matschflecken auf beiden Hosenbeinen. Ich schielte verstohlen zu Kahla. Trotz der vielen Kleiderschichten folgte sie dem Pfad leichtfüßig und geschickt. Ich hätte es nicht für möglich gehalten, dass man noch mehr Sachen anziehen konnte, als Kahla sowieso schon angehabt hatte, aber es war ihr tatsächlich gelungen, sich zusätzlich in eine rosa Daunenjacke, einen roten Schal und ein Paar quietschgelbe Handschuhe mit roten Herzchen zu zwängen und ein weiteres gestreiftes Tuch um die Inka-Mütze zu wickeln – und trotzdem konnte sie noch immer laufen. Es grenzte an ein Wunder.

Tante Isa blieb ungefähr auf halber Höhe des Hügels stehen und zeigte auf einen unordentlichen Haufen aus Reisig und halb verrottetem Laub.

»Kann eine von euch mir erzählen, was hier passiert ist?«, fragte sie.

»Ein Hund oder ein Fuchs hat etwas ausgegraben«, sagte Kahla wie aus der Pistole geschossen. Sie beugte sich vor und nahm die Erde genauer unter die Lupe. »Kein Fuchs«, sagte sie dann. »Die Pfoten sind zu groß. Vermutlich hat der Hund die Fährte eines Igels aufgenommen und sein Winterlager zerstört. Dummer Hund.«

Tumpe warf ihr einen bekümmerten Blick zu.

»Nicht du«, sagte sie und tätschelte ihm mit ihrer Handschuhhand den Kopf. »So was machst du doch nicht, nicht wahr?«

Woran konnte sie das alles erkennen? Da war doch nur ein Haufen Reisig und eine Kuhle mit ein wenig trockenem Gras. Wenn ich sehr genau hinsah, konnte ich zwar dort, wo der Hund gebuddelt hatte, ein paar Kratzspuren erkennen – aber wie war sie auf den Rest gekommen?

»Das ist richtig«, sagte Tante Isa. »Gut erkannt, Kahla. Kannst du auch den Igel finden?«

Kahla schloss für einen Moment die Augen. Sie fing an, leise zu summen, eine Melodie, die zwischen zwei Tönen wechselte, einem hohen und einem tiefen. Ich musste daran denken, wie Tante Isa meine Kopfschmerzen weggesungen hatte. Kahla drehte sich langsam auf der Stelle, als wäre sie ein Radarmast, dann zeigte sie plötzlich den Hügel hinunter, rechts neben den Stall.

»Da entlang«, sagte sie. »Es ist nicht weit, vielleicht zwanzig oder dreißig Schritte.« Sie marschierte los, auf geradem Weg durch Büsche und Gestrüpp. Tante Isa und ich folgten ihr, versuchten aber, den größten Hindernissen auszuweichen.

Und tatsächlich kauerte genau an der Stelle, auf die sie gezeigt hatte, ein Igel. Er hatte versucht, sich unter einem Dornenbusch zusammenzurollen, aber sogar ich konnte erkennen, dass das Tier da keine gute Höhle gefunden hatte. Hier gab es kein warmes, trockenes Grasnest, und die Zweige des Busches waren kein Ersatz für die dichte Decke, die der Reisighaufen gebildet hatte.

»Hier kann er nicht überleben«, sagte Kahla leise. »Sollen wir ihn mit ins Haus nehmen?«

»Ja«, sagte Tante Isa. »Aber zuerst müssen wir noch eine Kleinigkeit erledigen.«

»Und das wäre?«, fragte Kahla.

Isa lächelte.

»Eine Flohjagd«, sagte sie. »Das ist unsere heutige Lektion.«

Erst sah Kahla verblüfft aus, dann fingen ihre dunklen Augen zornig zu funkeln an.

»Flöhe?«, sagte sie. »Wir sollen unsere Zeit mit *Flöhen* verschwenden?«

Isa nickte, ohne von Kahlas beleidigter Miene Notiz zu nehmen.

»Auch Flöhe sind ein Teil der Wilden Welt«, sagte sie. »Aber ich möchte sie trotzdem lieber nicht im Haus haben.« Sie nahm ein weißes Geschirrtuch aus ihrem Korb und breitete es auf der Erde aus. Vorsichtig nahm sie den Igel hoch und setzte das kleine Tier mitten auf das Tuch. Sie schloss die Augen und summte ein paar Töne. Erst konnte ich nicht wirklich erkennen, dass etwas passierte, aber dann sah ich es: auf dem weißen Stoff um den Igel herum tauchten plötzlich zehn, zwölf kleine schwarze Punkte auf. Und während ich dastand und zusah, hüpften weitere vier, fünf Flöhe vom Igel auf das Geschirrtuch.

Tante Isa setzte den Igel in ihren Korb.

»Jetzt seid ihr dran«, sagte sie. »Kahla, du fängst an. Du nimmst die auf der linken Hälfte des Tuchs. Nur die!«

Kahla rieb sich mit ihrem gelben Handschuh die Nase. »Kann ich nicht einfach alle auf einmal nehmen?«

»Nein. Es geht um Präzision. Bitte sehr, leg einfach los.«

Es war offensichtlich nicht notwendig, Kahla zu erklären, *wie* sie es machen musste. Genau wie meine

Tante schloss sie die Augen. Dann fing sie an zu summen.

Schlagartig kam Bewegung in die Flöhe. Eine stramme Formation kleiner Flohsoldaten hatte sich auf einem Quadratzentimeter versammelt und fing an, in rhythmischen kleinen Sprüngen an den Rand des Handtuchs zu marschieren.

Ich starrte hin. Blinzelte. Starrte.

Aber egal, wie oft ich blinzelte, die Flöhe marschierten immer weiter. Schnurgerade hintereinander.

»Stopp«, sagte Isa.

Kahla öffnete die Augen. »Was?«, sagte sie. »Warum?«

»Du hast sie alle. Nur die Hälfte bitte.«

Kahla runzelte die Stirn. »Ja, aber sie sind so *klein*«, sagte sie frustriert. »Die kann man doch nicht auseinanderhalten!«

»Versuch es.«

Kahla war sichtlich genervt von Isas Kritik, aber sie sagte nichts mehr. Sie rieb sich wieder die Nase, und die Flohformation fiel auseinander und alle verteilten sich über das ganze Handtuch. Kahla schloss die Augen. Summte ein paar Töne – dieses Mal leiser, aber dieselbe Melodie. Die Flöhe versammelten sich in derselben Aufstellung wie vorher. Kahla ballte die Fäuste und biss sich auf die Lippe. Sie war plötzlich ganz kurzatmig geworden. Da trennte sich ein kleiner schwarzer Punkt von der Flohtruppe und hüpfte zum Rand des Geschirrtuchs. Und dann noch einer und noch einer, bis haargenau neun von achtzehn Flöhen auf dem Waldboden verschwunden waren.

»Sehr schön«, lobte Isa. »Da kannst du mal sehen, du konntest es doch.«

Kahlas verfrorenes Gesicht hellte sich zu einem Lächeln auf, das erste, das ich an diesem Morgen von ihr zu sehen bekam. Ihre dunklen Augen strahlten.

»Ich habe es geschafft!«, sagte sie. »Ich habe sie gefunden!«

»Ja, das hast du. Und jetzt ist Clara dran.«

Ich starrte die Flöhe an, die auf dem Handtuch zurückgeblieben waren. Das war doch vollkommen lächerlich. Hätte ich nicht gesehen, wie Kahla es geschafft hatte, hätte ich gesagt, dass es unmöglich ist. Aber auf jeden Fall war ich sicher, dass *ich* das nicht hinbekommen würde.

»Könntest du dieses Lied da noch mal singen?«, fragte ich, um etwas Zeit zu gewinnen. »Ich habe nicht ganz verstanden, wie ...«

»Es ist nicht das Lied«, sagte Isa. »Das macht es nur leichter, sich zu konzentrieren. Du musst überhaupt nicht singen, wenn du nicht willst.«

»Aber wie soll ich denn dann ...?«

Kahla verdrehte die Augen. »Wo bist du denn zur Schule gegangen?«, sagte sie.

»Kahla, sei still«, sagte Tante Isa. »Das hier ist alles neu für Clara. Dafür kann sie ja nichts. Clara, versuch, die Augen zu schließen.«

Okay, das war wohl gerade noch zu schaffen. Ich tat, was sie gesagt hatte.

»Hörst du, wie die Geräusche lauter werden?«

Ich lauschte. Und es stimmte, das Rauschen der Bäume war wirklich ein bisschen deutlicher zu hören. Und ich konnte hören, wie ein Zweig unter Kahlas Füßen zerbrach, als sie anfing zu trippeln, um sich warm zu halten. Vielleicht war da sogar ein kleines Schniefen aus dem Korb, in dem der Igel lag?

»Als Nächstes hältst du dir auch noch die Ohren zu, sodass du nichts mehr hörst.«

»Und was passiert dann?«

»Vielleicht nimmst du dann etwas anderes wahr. Na los. Versuch es.«

Ich steckte mir die Finger in die Ohren. Das Rascheln der Blätter in den Baumwipfeln verschwand. Erst hörte ich stattdessen nur die Geräusche in meinem Körper, aber dann … dann konnte ich plötzlich superdeutlich den Waldboden riechen, den dunkelbraunen, nassen Geruch von Regen, Herbst und Igel. Ja, ich konnte den Igel riechen!

Ich machte die Augen wieder auf.

»Wahnsinn«, sagte ich. »So ähnlich muss es sich anfühlen, ein Hund zu sein.«

»Nur tausendmal stärker«, sagte Isa. »Jetzt versuchen wir noch etwas. Du schließt die Augen. Ich halte dir die Ohren zu. Und du selbst hältst dir die Nase zu.«

»Was passiert dann?«

»Das werden wir sehen. Bitte sehr.«

Da stand ich jetzt und konnte weder sehen noch hören noch riechen. Ich konnte die Kälte auf meiner Haut spüren und die Erde unter meinen Füßen. Ich konnte meine eigene Spucke schmecken. Das war alles.

»Es passiert gar nichts«, sagte ich.

»Mach weiter«, sagte Tante Isa und hielt ihre warmen Hände an meine Ohren, sodass alle Geräusche verstummten. *Mach weiter.*

Ein Schauer durchfuhr mich. Ich *hörte* sie, obwohl ich sie nicht hören konnte. Auf einmal waren da eine Million Geräusche, eine Million Leben – piepsendes, quakendes, raunendes, wachsendes, krabbelndes, fliegendes, brüllendes, kläffendes, blubberndes Leben. Mir wurde ganz schwindlig, und ich verlor das Gleichgewicht.

»Seid still«, schrie ich. »Haut ab!«

HAUTABHAUTABHAUTAB. Ich schrie es laut und stumm in meinem Kopf. Alles um mich herum schwankte und drehte sich. Ich stürzte, landete mit einem weichen, nassen Platschen auf dem Boden und kullerte rücklings den Hügel hinunter, bekam faulendes Laub in den Mund und Matsch zwischen die Zähne.

Es wurde still. Ich lag bäuchlings unter einer Birke, und das Einzige, was ich hören konnte, waren der Wind und mein eigener keuchender Atem. Dann war es, als würde der Wald explodieren.

Tumpe raste, so schnell er konnte, die Böschung

hinunter, gefolgt von einer Welle aus Mäusen, Kröten, Käfern, Eichhörnchen, Mücken, Mistkäfern, Tausendfüßlern, Nachtfaltern. Ein Schwarm Vögel flog auf, Kohlmeisen, Saatkrähen, Eichelhäher und Spatzen, und sie alle konnten gar nicht schnell genug fliehen. Der Korb neben Kahla wackelte heftig, weil der Igel ebenfalls verzweifelt versuchte zu flüchten.

Tante Isa stand eilig auf und sang. Es war kein sanftes Summen, sondern ein hoher, klarer und warmer Ton, der die panische Flucht stoppte. Flügel, Beine und Tierherzen beruhigten sich. Die Saatkrähen kreisten schimpfend über unseren Köpfen, und der Korb mit dem Igel hörte auf zu beben.

Ich saß auf der nassen Erde und atmete durch den offenen Mund.

Ich.

Ich hatte das gemacht.

Sie waren vor mir geflohen. Weil ich ihnen gesagt hatte, sie sollten das tun.

Es war unmöglich. Und trotzdem war es passiert. Ich hatte es mir nicht eingebildet, und es war auch kein Zufall.

Es war wirklich da.

Isa half mir, mich aufzusetzen.

»War es … war es das, was du von mir wolltest?«, fragte ich.

»Tja …«, sagte Tante Isa und ließ den Blick über die nach wie vor ziemlich verlassene Böschung schweifen. »Die Flöhe sind jedenfalls weg …«

9 Die Wilden Wege

»Wo bist du?«, fragte Oscar.

Es knackte und rauschte in meinem Ohr, und seine Stimme klang, als wäre er sehr weit weg. Aber das war er ja auch.

»Bei meiner Tante«, seufzte ich.

Ich saß oben auf dem Hügel, auf den Steinen, die die nördliche Grenze von Isas Wildhag bildeten. Es war so ziemlich die einzige Stelle, an der das Handy wenigstens ein bisschen Empfang hatte. Streng genommen hätte ich Isa vorher um Erlaubnis fragen müssen, aber ich wollte ganz einfach nicht, dass sie hören konnte, worüber ich mich mit Oscar unterhielt. Außerdem war ich *fast* noch innerhalb des Wildhags. Da konnte ja wohl kaum etwas passieren.

»Machst du Urlaub, oder was?«

»Na ja. Doch. So was Ähnliches.« Die seltsamsten Ferien meines Lebens. »Haben sie dich aus dem Krankenhaus entlassen?«

»Vorgestern schon. Mein Schädel brummt zwar immer noch manchmal, vor allem wenn ich versuche, *AutoCrash* zu spielen, aber sie haben gesagt, das vergeht irgendwann.«

»Oh, das ist gut.«

Ich hätte ihm so gerne gesagt, wie sehr er mir fehlte, aber ich ließ es lieber bleiben. Schließlich kann man zu einem Jungen, mit dem man nicht zusammen ist, ja schlecht *Ich vermisse dich* sagen. Oder?

Ich hörte Geräusche im Hintergrund. Den Summer einer Gegensprechanlage, Stimmen, Schritte im Treppenhaus. Oscars Hund Luffe bellte auf diese fröhlich-aufgeregte Labrador-Art, die bedeutete, dass Besuch kam. Ich konnte hören, wie Oscars Mutter mit jemandem sprach.

»Magnus und Chrisser sind gekommen«, sagte Oscar. »Wir wollen Popcorn machen und DVD schauen. Ich ruf dich später wieder an, okay?«

Ich konnte hören, dass er schon im Begriff war, wieder aufzulegen.

»Nein, warte«, sagte ich. »Das geht nicht. Ich muss *dich* anrufen.«

»Warum das denn?«

»Weil ich hier keinen Empfang habe. Es sei denn, ich turne auf diesen Hügel hoch, auf dem ich gerade sitze.«

»Wo wohnt deine Tante eigentlich? In Weitwegistan?«

»Das kommt ungefähr hin.«

»Na ja, dann schicke ich dir eben eine SMS. Bis dann, ja?«

Und dann war er weg. Und ich saß da und war überflüssigerweise total eifersüchtig auf Chrisser und Magnus, die sich jetzt in diesem Moment mit dem Sofakissen auf den Fußboden fläzen, mit Popcorn vollstopfen und mit Oscar Schrottfilme anschauen konnten.

»Weitwegistan«, murmelte ich düster. »Das trifft es sogar haargenau.«

Ich stapfte den Hügel hinunter. Inzwischen war Kahla nach Hause gegangen. Ihr Vater hatte sie abgeholt, genau wie an den anderen drei Tagen, seit ich hier war. Jeden Morgen lieferte er sie unten am Gatter ab, und jeden Nachmittag holte er sie wieder. Nicht mit dem Auto, sondern zu Fuß, sie konnten also nicht besonders weit weg wohnen.

Tante Isa hatte die Lampe angezündet. Sie saß noch immer an dem großen Tisch am Fenster, und ich konnte sehen, dass sie zeichnete. Eine dicke Stockente watschelte auf dem Tisch herum und diente offenbar als Modell des Tages. Entenkarten verkauften sich gut, hatte Tante Isa erzählt, und selbst eine Wildhexe musste von Zeit zu Zeit gewöhnliches Geld verdienen.

Ich ging nicht rein. Tante Isa glaubte, ich wäre rausgegangen, um mich um Stjerne zu kümmern, also musste ich das auch tun.

Abgesehen von Tumpe hatte ich Stjerne von allen Tieren, die bei Tante Isa lebten, am liebsten. Sie war eine kleine, zähe Stute mit Senkrücken, nicht besonders reinrassig oder edel, aber gutmütig und stark, mit vier kräftigen Beinen und einer Stehmähne, die darauf schließen ließ, dass irgendwo auch ein bisschen Fjordpferd in ihr steckte.

Sie war auf der Weide und graste im Windschatten der hohen Bäume am Fuß des Hügels, aber als ich sie rief, hob sie den Kopf, stieß ein fröhliches Hallo-Wiehern aus und kam ans Gatter getrabt. Bauch und Brust waren erdverkrustet, und ihr goldbraunes Winterfell war ganz zottelig vom Regen.

»Komm, Pferdchen. Ich trockne dich ab«, sagte ich, und sie folgte mir bereitwillig in den Stall. Ich band sie an einem der Ringe in der Wand an, rieb sie einigermaßen trocken und striegelte dann den schlimmsten Dreck aus ihrem Fell. Eine der Ziegen kam vorbei, um sie zu begrüßen, und Stjerne beugte sich zu ihr nach unten und schnaubte. Nachdem es hier keine anderen Pferde gab, hatte Stjerne die Ziegen als eine Art Herde angenommen, hatte Tante Isa erzählt. Sie leisteten einander Gesellschaft und verstanden sich gut, obwohl sie so verschieden waren. Das war jedenfalls mehr, als man von Kahla und mir behaupten konnte. Ich hatte keine Ahnung, warum sie die ganze Zeit so sauer und wütend auf mich war. Wäre sie nur ein bisschen netter gewesen, wäre es so viel lustiger, in Weitwegistan zu leben, und nicht halb so einsam.

Es half ein wenig, sich um ein Pferd zu kümmern. Bis vor einem Jahr war ich in der alten Reithalle am Rådhuspark geritten, aber dann kam der Brandschutz und erklärte, dass die Halle abgerissen werden musste. Die Reitschule zog aus der Stadt, und da war es plötzlich vorbei damit, in einer Viertelstunde zu den Pferden zu kommen. Ich konnte nicht mehr mit dem Rad fahren, sondern musste zwei Busse nehmen, was zusammen über eine Stunde dauerte. Also konnte ich nur noch ab und zu reiten, wenn meine Mutter Zeit hatte, mich mit dem Auto zu bringen. Ich vermisste es wahnsinnig, sowohl die Pferde als auch meine Reiterfreundinnen. Mia, Kajsa und besonders Anne-Katrine. Und Magic, das Reitschulpferd, mit dem ich sogar beim Klubturnier hatte antreten dürfen. Stjerne war nun vielleicht nicht unbedingt ein top getuntes Wettkampfpferd und hätte sich wahrscheinlich vor Lachen auf dem Boden gewälzt, wenn man von ihr verlangt hätte, im freien Trab zu gehen oder über ein Hindernis zu springen, das höher als ein Baumstamm war, aber sie hatte ein weiches, warmes Maul und freundliche Augen und roch wenigstens nach Pferd. Nach nassem, schlammverkrustetem Pferd und ein ganz klein wenig nach Ziege. Absolut besser als nichts.

Ich versuchte gerade, den Schlamm aus Stjernes dickem schwarzem Schweif zu bürsten, als mich das seltsame Gefühl überkam, dass mich jemand beobachtete. Ich schaute nach oben. Tu-Tu saß auf einem der Hahnenbalken über mir, aber er war es nicht. Er hob unruhig die Flügel und drehte den Kopf auf diese Einmal-rund-herum-Weise, die nur Eulen beherrschen. Dann flog er plötzlich auf und strich mit einem gellenden Eulenschrei über Stjernes und meinen Kopf hinweg.

Mein Herz machte einen Satz. Stjerne schnaubte und schlug mit dem Kopf, eine der Ziegen meckerte nervös.

»Clara!« Es war Tante Isa, die mich rief, scharf und sehr bestimmt. »Komm rein! Jetzt!«

Ich war noch nicht fertig mit Stjerne. Sie hatte noch immer Erde im Schweif, und ich hatte ihr noch kein Heu gegeben. Aber etwas an Tante Isas Tonfall brachte mich dazu, den Striegel auf die Haferkiste zu legen und den Stall sofort zu verlassen.

Draußen auf dem Hof war es beinahe ebenso dunkel wie im Stall. Der Regen war nur noch ein feuchter Sprühregen, aber der Wind hatte aufgefrischt und peitschte durch die Zweige des Kastanienbaums am Ende des Hauses. Tante Isa stand in der Tür, das Licht im Rücken und Tu-Tu auf der Schulter, genauso bucklig wie damals, als ich sie zum allerersten Mal gesehen hatte.

»Beeil dich«, sagte sie.

Ich lief über den Hof und duckte mich durch die Tür, Tumpe war direkt hinter mir.

»Was ist los?«, fragte ich.

»Die Wilden Wege haben sich geöffnet. Ich glaube, es sucht jemand nach dir.«

»Die Wilden Wege?«

»Mach die Tür hinter mir zu und schieb den Riegel vor. Setz dich in die Küche, ich komme und klopfe ans Fenster, wenn ich wieder reinwill. Es dauert nicht lange.«

Sie zündete eine Sturmlaterne an und ging raus in die Dunkelheit. Ich schob den Riegel vor, so wie sie es mir gesagt hatte.

Was meinte sie damit, dass *die Wilden Wege sich geöffnet hatten*? Und was machte sie da draußen? Die Ente war vom Zeichentisch gesprungen und lag ganz still hinter dem Korb mit dem Feuerholz. In kurzen Abständen stieß sie ein kleines, ängstliches Quaken aus, als hoffte sie, jemand würde sie beruhigen und ihr sagen, dass sie nicht alleine war. Ich konnte gut nachempfinden, wie sie sich fühlte. Ich selbst hockte mich auf das Sofa und presste die Nase fest an die Fensterscheibe, um besser sehen zu können, was draußen in der Novemberdämmerung passierte.

Ich sah den hüpfenden Schein der Sturmlaterne und die Umrisse meiner Tante, mit Tu-Tu auf der Schulter. Sie war auf dem Weg zum Gatter und zu den weißen Steinen. Als sie dort ankam, hängte sie die Laterne an einen der Zaunpfosten und stand lange reglos da. Ich glaube, sie sang. Ich konnte es nicht hören, aber irgendetwas … irgendetwas Friedliches breitete sich aus. Es war, als würden die Flammen in der Laterne ruhiger brennen, als würde der Wind lange nicht mehr so stürmisch wehen und als würden die Zweige der Kastanie weniger hitzig gegen das Dach schlagen. Die Ente hörte auf zu quaken und steckte ihren Schnabel unter den Flügel.

Kurz danach kam Tante Isa zurück. Ich glaube, sie hatte mein Gesicht hinter der Scheibe gesehen, denn sie klopfte nicht wie angekündigt, sondern wartete nur, bis ich den Riegel wieder zurückgezogen und ihr die Tür geöffnet hatte.

»Was war denn los?«, fragte ich.

»Es herrschte Unruhe auf den Wilden Wegen«, sagte sie. »Aber ich habe meinen Schutz verstärkt, und ich denke, jetzt ist alles sicher.«

»Was sind diese Wilden Wege? Was bedeutet das?«

»Stell den Kessel auf, damit wir Tee machen können. Dann erkläre ich dir alles.«

Ich aß Käsebrot mit Marmelade und trank Tee, während meine Tante die ganze Welt auf den Kopf stellte und mir erklärte, wie in Wirklichkeit alles zusammenhing.

»Als Chimära aufgetaucht ist und der Laster dich beinahe überfahren hätte ... wie war das genau?«, fragte sie.

»Es war neblig«, sagte ich. »Wir mussten unsere Räder schieben, weil wir fast nichts mehr sehen konnten. Und plötzlich war der Bürgersteig einfach verschwunden. Und dann kam sie. Aus dem Nebel.«

Tante Isa nickte.

»Das sind die Wilden Wege«, sagte sie. »Der Nebel,

oder besser gesagt, die Pfade darin. Alles, was wild geboren ist, nutzt diese Wege – um mehr zu hören, als man eigentlich hören kann, um sich besser zu verstecken oder besser zu jagen. Du benutzt sie, wenn du Flöhe verjagst – oder den ganzen Rest des Waldes, wo du schon mal dabei bist.« Sie lächelte, um zu zeigen, dass sie mich nur ein bisschen necken wollte. »Eine erfahrene Wildhexe kann das Nebelland der Wilden Wege betreten und an einer beliebigen Stelle wieder herauskommen. Unter anderem deshalb habe ich meinen Hag. Nur jemand, den ich selbst eingeladen habe, kann ihn betreten.«

»Kannst du … auf den Wilden Wegen gehen?«

»Ja. Aber ich tue es nicht oft.«

»Aber du könntest? Und dann … einfach hingehen, wo du willst?«

»Tja. Ganz so einfach ist es nicht. Zum Beispiel ist es leichter, einen Ort zu finden, an dem man schon gewesen ist. Das Schwierigste an den Wilden Wegen ist zweifellos, sich auf ihnen zurechtzufinden.«

»Aber wenn du … äh, Lust hättest, auf Barbados Urlaub zu machen? Dann könntest du es einfach tun – obwohl es total weit weg ist?«

»Ich würde die Wilden Wege niemals benutzen, nur um Ferien zu machen.«

»Aber du könntest? Ohne ein Flugticket und so was kaufen zu müssen? Einfach so, umsonst?«

Sie trank einen Schluck Tee und schüttelte den Kopf.

»Nichts ist umsonst, Clara. Es kostet nur etwas anderes als Geld.«

»Das würde ich gerne lernen«, sagte ich und dachte, wenn Isa ganz einfach so nach Barbados verschwinden konnte, dann könnte ich vielleicht lernen, zur Reitschule zu kommen, ohne zwei Busse nehmen zu müssen. Ich meine, das waren schließlich gerade mal dreizehn Kilometer.

Dabei fiel mir Stjerne ein.

»Ich habe es nicht mehr geschafft, Stjerne Heu zu geben«, sagte ich.

»Wir können zusammen rausgehen«, sagte Tante Isa. »Ich muss sowieso nach ihr und den anderen Tieren sehen. Sie spüren es, wenn so etwas passiert, und werden unruhig.«

Ich biss mir auf die Lippe. Jetzt hatte ich gerade einen Vorteil daran entdeckt, eine Wildhexe zu sein, und schon musste sie alles wieder kaputt machen. Vorläufig würde ich nicht dazu kommen, mich zur Reitschule zu schleichen. Nicht, solange Chimära dort draußen im Nebel der Wilden Wege auf mich wartete.

»Du hast gesagt, jemand hätte nach mir gesucht. War das Chimära?«

Tante Isa nahm die Sturmlaterne vom Haken neben der Tür und schob ihre Füße wieder in die Gummistiefel.

»Wahrscheinlich«, sagte sie. »Entweder Chimära – oder deine schwarze Meerkatze.«

Der Kater. Automatisch fasste ich an meine Stirn, wo die Spuren seiner Krallen noch immer zu sehen waren, wenn auch nicht mehr ganz so rot. Da würde ich mich ja fast noch lieber von Chimära finden lassen.

10 Feuer und Asche

»Nein, Clara. Versuch es noch mal. Schau, wie Kahla es macht!«

Unglaublich, wie leid ich es im Laufe der nächsten Woche wurde, diese Worte zu hören. Kahla konnte Flöhe dazu bringen, sich in Reih und Glied aufzustellen und eine Verbeugung zu machen. Kahla konnte eine einzelne Saatkrähe von einem Baum herunterrufen, ohne dass die anderen aufflogen. Kahla konnte eine bestimmte Ameise aus einem Ameisenhaufen herauslocken. Und sie konnte sich so unsichtbar machen, dass sowohl Tumpe als auch ich direkt an ihr vorbeigingen, ohne zu bemerken, dass sie da war.

Kahla war so gut. Kahla konnte alles, was ich nicht konnte.

Wenn sie doch bloß nett gewesen wäre – oder wenigstens einigermaßen freundlich. Aber sie sah mich unverändert mit diesem finsteren Blick an, als hätte sie mich am liebsten in einen Käfer verwandelt, um mich dann zu zertreten.

»Bist du sicher, dass du dich nicht geirrt hast?«, fragte ich Tante Isa, während wir gemeinsam Tumpe,

Stjerne, den Ziegen und den anderen Tieren, die mehr oder weniger fest hier wohnten, ihr Frühstück brachten.

»Womit?«

»Vielleicht bin ich gar keine Wildhexe.« Als ich Tumpe auf Wildhexenart rufen sollte, also ohne etwas zu sagen und ohne dass er mich sehen konnte, hatte er sich nicht vom Fleck gerührt. Er war einfach auf seinem breiten schwarzbraunen Hinterteil unten am See sitzen geblieben, vollkommen vertieft in die Eicheln, die in regelmäßigen Abständen ins Wasser plumpsten. Er hatte nicht mal gewedelt. Und wir sprechen hier von Tumpe. Dem freundlichsten Hund der Welt.

Das alles, während Kahla gleichzeitig Saatkrähen auf Kommando kommen und wegfliegen ließ, als wären sie eine Art fliegender Fahrradkuriere, die sie einfach mit ihrem Wildhexentelefon anrufen konnte. »Krähe Nr. 4 von links, ja, du mit dem langen Schnabel, würdest du mal eben schnell bei mir vorbeischauen?« Es war zum Verrücktwerden. »Für Kahla ist alles so einfach!«

»Kahlas Eltern haben mit ihr Wildhexenspiele gespielt, seit sie drei Jahre alt war. Süße, das kannst du nicht in einer Woche aufholen.«

Stjerne versenkte ihr Maul im Heu und fing an zu kauen. Ich streichelte ihren wolligen Hals.

»Ja, aber wann? Wann darf ich denn wieder nach Hause?«

Ich vermisste meine Mutter und ich vermisste Oscar. Er hatte nicht mal eine SMS geschickt, obwohl er es versprochen hatte. Oder sie war nicht angekommen – wer konnte schon wissen, ob so was in Weitwegistan überhaupt funktionierte?

Isa sah mich an. »Bist du sehr unglücklich hier?«, fragte sie. »Findest du das alles nur noch schrecklich, oder hat die Sache auch etwas Gutes für dich?«

Darüber musste ich erst kurz nachdenken, denn bis eben war ich ja die meiste Zeit damit beschäftigt gewesen, alles dumm, gefährlich und nervig zu finden.

»Ich mag die Tiere«, sagte ich langsam. »Ich mag Stjerne und Tumpe. Und dich.«

»Gleichfalls, Clara-Schatz.«

»Wenn ich hier einfach nur Ferien machen würde«, sagte ich. »Wenn ich wüsste, dass ich in ein oder zwei Wochen zu Mama nach Hause könnte, oder … also, wenn ich das wenigstens wüsste. Und wenn diese ganze Sache mit dem Kater und Chimära nicht wäre …« Wahrscheinlich wäre es sogar spannend gewesen, Wildhexenkunststücke zu lernen, wenn es nicht so furchtbar schnell hätte gehen müssen. Wenn ich es endlich hingekriegt hätte. Und wenn Kahla netter gewesen wäre.

»Denk an das Gute«, sagte Tante Isa. »Das macht dir den Tag leichter.«

Ich versuchte es. Wirklich. Aber dem Tag war das egal. Er fing beschissen an – und dann ging er total in die Hose. Ehrlich, so sehr in die Hose, wie er überhaupt nur gehen konnte …

Es war schweinekalt und es regnete. Ich wurde schon neidisch auf Kahlas sieben oder acht Kleiderschichten, denn obwohl ich mir einen quietschgelben Regenhut von Tante Isa ausgeliehen und einen richtig dicken Pulli unter meine Jacke gezogen hatte, liefen mir immer wieder dicke, fette Regentropfen den Hals hinunter bis in den Kragen, und meine Zehen fühlten sich langsam an wie zwei Pakete Tiefkühlfleisch, die gerade erst aus dem Eisfach geholt worden waren.

Isa hatte uns Block und Bleistift gegeben, eingewickelt in eine Plastiktüte, damit sich das Papier nicht vollkommen auflöste. Damit sollten wir uns an den Weiher bei den Weiden setzen, *lauschen* und *spüren*, um dann jedes Tier aufzuschreiben, das wir im Umkreis von fünfzig Metern finden konnten. Kahla schrieb und schrieb. Auf meinem Zettel stand »zwei Enten«, »Amsel« und »Tumpe«, und dann schummelte ich und schrieb »Regenwurm«, obwohl das eigentlich nur geraten war. Danach saß ich nur noch da, kaute auf meinem Bleistift und fror. Die Zweige der Weiden raschelten im Wind, und der Regen bildete Ringe im schwarzen Wasser. Mein Blick fiel auf ein leeres Schneckenhaus zwischen den Binsen; ich war ziemlich sicher, dass die Schnecke, die früher dort gewohnt hatte, schon lange tot und verschwunden war, aber ich schrieb trotzdem »Schnecke« auf.

Mehr konnte ich nicht entdecken. Weder mit offenen noch mit geschlossenen Augen. Ich wusste, sie waren da – die Käfer unter der Baumrinde, die Fische, Frösche und anderen Wassertiere, die Maulwürfe, Mäuse und kleinen Vögel. Aber ich konnte sie nicht spüren.

»Wie läuft es?«, fragte Tante Isa.

»Super!«, sagte Kahla und schrieb weiter wie eine Wilde.

»Super …«, murmelte ich und schrieb »Käfer«, nur um etwas geschrieben zu haben. Wie viele Käferarten, hatte Tante Isa noch gesagt, gab es hier in der Gegend? Mindestens eine davon musste doch hier irgendwo in der Nähe sein. Gab es zu dieser Jahreszeit Kaulquappen? Sicher nicht.

Ich schielte zu Kahla. Sie zog einen Strich unter alles, stand auf und gab Tante Isa ihren Block.

»Weiter weg sind natürlich noch viel mehr«, sagte sie. »Aber du hast ja von fünfzig Metern gesprochen.«

Tante Isa nahm Kahlas Block und fing an zu lesen.

»Sehr schön, Kahla«, sagte sie und zeigte auf einen der Punkte ihrer Liste. »Der war so tief unten, dass ich nicht sicher war, ob du ihn finden würdest.«

Ich schrieb »Maulwurf?« auf meinen Block. Dann hörte ich ein leises, boshaftes Kichern.

Kahla stand hinter mir und schaute mir über die Schulter. Sie konnte genau sehen, wie wenig auf meinem Blatt stand. Und sie hatte mitbekommen, wie ich versucht hatte, den Maulwurf dazuzuschummeln.

Sie sagte nichts, aber sie lächelte. Und zwar alles andere als nett und freundlich.

Da wurde ich sauer. Sie machte sich über mich lustig. Sie stand da und lachte mich aus, und es war offensichtlicher denn je, wie peinlich, hoffnungslos und lächerlich sie mich fand. Ich hatte keine Lust mehr, mir das noch länger anzuhören – und noch viel weniger, ihr darin recht zu geben.

Verzieh dich, dachte ich. Lass mich in Ruhe! Blöde Kuh. *Hau ab.*

Die Enten schlugen mit den Flügeln und flogen erschrocken auf. Kahla machte einen überraschten Schritt zurück. Auf dem glitschigen Ufer rutschten ihr die Füße weg. Sie versuchte, das Gleichgewicht zu halten und sich an einem Zweig festzuklammern.

Knack! Mit einem morschen Krachen zerbrach der Zweig, und schon war es passiert. Kahla fiel ins Wasser und war für einen kurzen Augenblick zwischen Binsen und Wasserpflanzen verschwunden. Dann tauchte sie wieder auf, spuckend und nach Luft schnappend. Sie stand bis zu den Oberschenkeln im Wasser.

»Kahla!«, Tante Isa warf den Block weg und zog Kahla mit festem Griff zurück ans Ufer.

Sie war klitschnass. Die vielen wollenen Schichten trieften und ihre dunklen Haare klebten in flachen schwarzen Strähnen in ihrem Gesicht. Wie ein kleines festliches Boot trieb eine ihrer regenbogenfarbenen Inkamützen auf dem Weiher. Kahla starrte mich mit großen, schockierten Augen an.

»Du …«, zischte sie. »Das warst du …«

»Darüber unterhalten wir uns später«, sagte Tante Isa mit ziemlich unheilvollem Unterton in der Stimme. »Zuerst müssen wir dafür sorgen, dass du trockene Kleider bekommst.«

Kahla konnte einfach nicht aufhören zu zittern. Tante Isa hatte die alte Badewanne schon zum zweiten Mal mit dampfend heißem Wasser gefüllt und mindestens einen halben Liter kochend heißen Tee in Kahla hineingeschüttet, aber es half einfach nichts. Schließlich zogen wir ihr mehr oder weniger alle Sachen an, die ich mitgebracht hatte und gerade selbst nicht trug, plus einen großen, alten Wollpulli, drei Paar Socken und ein Paar Stiefel von Tante Isa.

Ohne ihren eigenen, bunt gescheckten Kleider-Kokon sah Kahla ganz anders aus. Klein, dünn und ängstlich und überhaupt nicht mehr großspurig. Sie stand dicht an dem großen Holzofen in der Stube, die Lippen blau vor Kälte, und Tränen liefen ihr lautlos die Wangen hinunter.

»Ich will nach Hause«, sagte sie. »Darf ich bitte einfach nach Hause?«

Ich stand nur unbeholfen daneben und fühlte mich richtig schlecht. Ich hatte das unbestimmte Gefühl, dass es meine Schuld gewesen war. Dass ich Kahla auf irgendeine Weise *geschubst* hatte, ohne sie auch nur mit dem Finger zu berühren. Als wäre sie nur meinetwegen in den Weiher gefallen. Und ich erinnerte mich nur zu deutlich an das Gefühl, das mich in dem Augenblick durchströmt hatte, als sie aus dem Wasser aufgetaucht war und ich sicher sein konnte, dass sie weder ertrunken war noch sich ernsthaft verletzt hatte.

Schadenfreude.

Wie sehr hatte ich mich an ihrem Unglück geweidet! So sehr, dass ich mir selbst auf die Backe beißen musste, um nicht zu grinsen.

Aber als ich sie jetzt sah, fand ich es plötzlich gar nicht mehr lustig.

»Bist du okay?«, fragte ich sie leise, als Tante Isa in der Küche war, um mehr Tee zu holen.

Sie schaute mich an. Unter den Augen hatte sie blau-lila Ringe, und sie war so blass, dass ihre dunkle Haut beinahe grau aussah.

»Ich v-vertrage es nicht, wenn ich friere«, sagte sie unglücklich. »Ich werde k-krank davon.«

Sie machte mir keine Vorwürfe mehr, weil ich daran Schuld hatte, dass sie ins Wasser gefallen war. Erwähnte es überhaupt nicht. Und sie guckte nicht mal mehr böse, weshalb ich mich gleich noch schlechter fühlte.

»Es tut mir leid«, sagte ich. »Ich ... ich hoffe, du wirst nicht krank.«

Tante Isa kam mit dem Tee zurück.

»Trink«, sagte sie, drückte Kahla einen vollen Becher in die Hand und nahm ihr den leeren ab.

»Ich kann nicht noch mehr trinken«, sagte Kahla. »Mein Magen *gluckert* schon.« Aber sie nahm den Becher in beide Hände, um sich daran zu wärmen. »Ich möchte nur so gerne nach Hause!«

Tante Isa betrachtete sie mit gerunzelten Brauen.

»Ja«, sagte sie schließlich. »Das ist vermutlich das Einzige, was wir tun können.« Dann drehte sie sich zu mir um.

»Clara, hör mir gut zu. Ich muss Kahla nach Hause bringen. Das bedeutet, dass ich dich ein oder zwei Stunden alleine lassen muss. Ich werde mich natürlich so sehr beeilen wie möglich, aber es ist weit, selbst wenn man die Wilden Wege benutzt.«

Ich nickte. »Das ist okay.«

»Das wird es wohl auch sein müssen«, sagte Tante Isa. »Schließ die Tür hinter mir ab. Geh nicht nach draußen. Und lass niemanden rein. Ist das klar?«

»Ja«, sagte ich. »Ich passe schon auf.«

Als ich das sagte, meinte ich es auch so. Aber manchmal kommt es einfach anders.

Die Zeit verstrich. Ich versuchte, ein Buch zu lesen, aber nach einer Weile wurde mir bewusst, dass ich nur dasaß und die Seiten umblätterte, ohne der Geschichte zu folgen. Warum kam Tante Isa nicht zurück? War nicht längst eine Stunde um?

Im selben Takt, in dem es draußen dunkel wurde, wuchs die Unruhe in mir.

»Es passiert nichts«, sagte ich zu mir selbst, so laut, dass Tumpe den Kopf schräg legte und mich ansah, als versuchte er zu verstehen, was diese seltsamen Menschenlaute wohl bedeuten mochten. Es war schön, dass er da war. Wenn ich gekonnt hätte, hätte ich Stjerne auch mit in die Stube genommen.

Plötzlich stand Tumpe auf und stemmte seine Vorderpfoten gegen die Fensterscheibe. Seine Nackenhaare hatten sich aufgerichtet, und er knurrte leise und gefährlich.

»Was ist denn, Tumpe?«

Hatte ich ihn schon jemals knurren hören? Ich glaube nicht. Es war ein tiefer, tiefer Laut, der ein ganz anderes Tier aus ihm machte als den wedelnden Tollpatsch, den ich kannte.

Dann wieherte Stjerne. Nein. Das war kein Wiehern – das war ein Schrei. Gellend und angsterfüllt. Und als ich Tumpe zur Seite schob und zum Stall hinüberschaute, sah ich lange gelbe Flammen an der Stalltür aufsteigen.

Ein paar Sekunden lang stand ich wie versteinert da und starrte das Feuer an. Was sollte ich tun? Mein Handy hatte hier keinen Empfang, und ganz abgesehen davon war der nächste Feuerwehrmann garantiert mindestens eine Stunde entfernt. So lange konnte Stjerne nicht warten.

Tumpe fing an zu bellen. Ich stürzte zur Hintertür,

sprang in die Stiefel, schloss die Tür auf und rannte auf den Hof hinaus.

Jetzt konnte ich erkennen, dass Feuerholz vor der Tür aufgeschichtet worden war. Ich trat in die brennenden Zweige, die meisten Flammen konnte ich löschen. Das Feuer hatte die Tür selbst noch nicht erfasst, die schwarz gestrichenen Bretter schwelten nur ein bisschen, aber ich zog und zerrte daran, bis ich die Tür aus den Angeln gehoben hatte. Dann schleppte ich sie in die Mitte des Hofs, wo die Funken dem Strohdach nichts anhaben konnten, falls die Glut doch wieder aufflammen sollte. Drinnen im Stall wieherte Stjerne noch immer herzzerreißend und eine der Ziegen stürmte klappernd durch die Türöffnung und rannte den Kiesweg hinunter.

Ich ließ sie laufen. Tumpe stand dicht neben mir. Er hatte das Fell gesträubt und starrte angespannt zum Stall hinüber. Er knurrte so sehr, dass sein ganzer Körper vibrierte, ich konnte es an meinem Oberschenkel spüren.

Das war kein Zufall, dachte ich. Jemand hatte Feuerholz vor der Tür aufgeschichtet und es angezündet. Mit Absicht.

Aber warum? Warum sollte jemand Isas Stall niederbrennen wollen?

Um mich aus dem Haus zu locken.

Die Antwort ploppte im selben Moment in meinem Kopf auf, in dem ich sie entdeckte.

Chimära.

Sie saß auf dem Dach des Stalls, zusammengekauert wie ein Vogel auf einem Stock. Sie hatte ihre Flügel auf dem Rücken gefaltet. Ihre gelben Augen starrten mich an. Hatte sie die ganze Zeit dort gesessen, oder war sie eben erst aufgetaucht?

Sie ist eine Wildhexe, dachte ich, sie ist die ganze Zeit da gewesen, ich konnte sie nur nicht sehen.

Sie breitete die Flügel aus. Es kam mir vor, als verdeckten sie den ganzen Himmel. Dann stürzte sich Chimära vom Dach und schoss im Sturzflug auf mich zu. Ich drehte mich um, versuchte zu fliehen, aber ich schaffte es nicht einmal, zwei Schritte aufs Haus zuzumachen, bevor sie mich eingeholt hatte.

11 Blut und rote Regenbogen

Ich habe noch nie versucht mir vorzustellen, wie sich ein Kaninchenjunges in den Fängen eines Raubvogels fühlt, aber ich glaube, jetzt weiß ich es. Chimäras Gewicht traf mich wie eine Keule, und ich schlug der Länge nach auf den Boden. Ich bekam keine Luft mehr. Ihre Flügel verschluckten alles Licht um mich herum und machten mich blind, ihre Finger bohrten sich wie Messer in meinen Körper. Tumpes rasendes Knurren verwandelte sich in schmerzerfülltes Jaulen, dann war er still.

Ich erinnere mich nicht, ob ich irgendetwas dachte. Ich kann nicht sagen, ob in meinem Kopf etwas anderes Platz hatte als blankes Entsetzen und der Geschmack von Blut.

Ich konnte keinen Widerstand leisten. Ich konnte weder meine Arme noch meine Beine heben, konnte mich in ihrem Griff nicht einmal winden. Sie zerrte meine Arme nach hinten und fesselte sie mit etwas Hartem, das in meine Handgelenke einschnitt. Dann zog sie meinen Kopf zurück und legte etwas ebenso Kaltes und Scharfes um meinen Hals. Es brannte auf meiner Haut und machte mir das Atmen noch schwerer.

»Kaltes Eisen«, zischte sie direkt neben meinem Ohr. »Du brauchst es also gar nicht erst zu versuchen.«

Ich hatte keine Ahnung, wovon sie redete. Was sollte ich nicht versuchen? Und warum ausgerechnet Eisen? Es fühlte sich eher an wie Stacheldraht.

»Steh auf.«

Ich war nicht sicher, ob ich das konnte. Ich schnappte immer noch nach Luft, konnte nur jämmerlich kleine Atemzüge machen, und mein Bein fühlte sich unangenehm taub an.

Das störte Chimära nicht. Ich verspürte einen Ruck an meinem Hals, bei dem mir schwarz vor Augen wurde. Wenn ich weiter atmen wollte, blieb mir nichts anderes übrig, als aufzustehen. Beim zweiten Versuch gelang es mir, aber mein Knie stach und brannte, sobald ich das Gewicht auf mein taubes Bein verlagerte.

Das Erste, was ich sah, war Tumpe.

Er lag ganz still, ein Berg aus Fell und Knochen, der viel zu klein wirkte, um der große, bärige Tumpe zu sein.

»Tumpe!« Ich versuchte, zu ihm zu kommen, aber ein weiterer Ruck stoppte mich. An dem Halseisen war eine dünne Kette befestigt, deren Ende Chimära in den Händen hielt, als wäre es eine Hundeleine und ich ein Hund. »Was hast du mit ihm gemacht?«

Sie antwortete gar nicht erst. Riss nur noch einmal an der Kette, sodass ich stolperte und beinahe hingefallen wäre.

»Abmarsch, Hexenkind«, sagte sie. »Wir haben nicht den ganzen Tag Zeit.«

Ich musste hinter ihr herhumpeln, ob ich nun wollte oder nicht. Über den Hof, den Kiesweg hinunter, durch das Gatter mit den weißen Steinen. Ohne zu wissen, was sie mit Tumpe gemacht hatte. Ohne zu wissen, ob er noch lebte oder tot war.

Im selben Moment, in dem wir die weißen Steine passiert hatten, schloss sich ein merkwürdiger Nebel um uns. Er war überhaupt nicht feucht und klamm wie normaler Nebel, sondern eher trocken wie Rauch – und genauso dicht.

Hexennebel. Der Nebel der Wilden Wege. Daran gab es keinen Zweifel.

Chimära hatte es eilig. Jede ihrer Bewegungen war hektisch, und sie zerrte an mir, sobald sie der Meinung war, es ginge nicht schnell genug, was im Großen und Ganzen durchgehend der Fall war.

Trotzdem fing mein Verstand langsam wieder an zu arbeiten. Ich wusste zwar nicht, wohin wir gingen, aber man musste kein Genie sein, um zu erkennen, dass die Chancen, dass Tante Isa uns finden würde, umso geringer wurden, je weiter wir uns entfernten. Wahrscheinlich hatte Chimära es genau deshalb auch so eilig. Sie hatte Angst vor Tante Isa.

Und das machte mich in all meinem Elend ein bisschen mutiger.

Aber was konnte ich tun? Sie hatte mir die Hände auf den Rücken gefesselt, und ich trug ein eisernes Band um den Hals, ganz abgesehen davon war sie größer, stärker und zehnmal … zehnmal *hexiger* als ich. Ich ging absichtlich langsamer, auch wenn das noch mehr grobes Reißen an meinem armen Hals bedeutete, aber das machte sowieso kaum einen Unterschied. Wir entfernten uns immer weiter von Tante Isa und das hier war kein Ort, an dem man Zweige abbrechen oder Brotkrumen fallen lassen konnte, um eine Spur zu hinterlassen. Hier gab es nichts außer Nebel.

Selbstverteidigung für Wildhexen, Lektion 1. Hatte ich überhaupt etwas gelernt, seit ich bei Tante Isa war?

Eine Sache. Es gab nur eine einzige Sache, die ich gut konnte. Wenn es mir denn gelang.

Ich schloss die Augen. Lauschte mit diesem besonderen inneren Sinn, den Isa mir gezeigt hatte. Anders als im Wald wimmelte es hier nicht von Leben. Hier gab es keine Käfer und Regenwürmer, keine Vögel und Ameisen. Hier gab es nur die Wilden Wege, Chimära und mich. Ich konnte sie ganz deutlich spüren, eine Mischung aus Kälte und Wärme, ein seltsamer roter Regenbogen und der Geruch von nassen Federn und Blut.

»Hau ab«, flüsterte ich.

Sie blieb wirklich einen Moment stehen. Aber dann machte sie einen Schritt auf mich zu.

»Was?«, sagte sie. »Was machst du da, Hexenkind?«

Da schrie ich. Ich nahm all meine Kraft zusammen und schrie, so laut ich konnte, schrie auf dieselbe Weise, die den ganzen Wald dazu gebracht hatte, Hals über Kopf davonzustürzen.

HAU ENDLICH AB.

Auch sie stieß einen Schrei aus. Einen gellenden Wutschrei, dünn und durchdringend wie der eines Raubvogels. Sie schlug mit den Flügeln und traf mein Gesicht, sodass ich für einen kurzen Augenblick wie geblendet war. Aber ich musste nichts sehen, um schreien zu können.

HAUENDLICHABHAUENDLICHABHAUENDLICHAB

»Viridians Blut!«, zischte sie. Nein, es war mehr als ein Zischen – sie spuckte die Worte aus, als wären sie ein Fluch. Sie wich zurück, Schritt für Schritt. Schließlich konnte sie es offenbar nicht länger ertragen, in meiner Nähe zu sein. Sie zerrte ein letztes Mal an der Kette, so fest, dass ich Angst hatte, sie würde mir den Kopf abreißen, aber da auch das mich nicht stoppen konnte, ließ sie die Kette fallen, als wäre sie glühend heiß.

»Ich komme zurück …«

Die Worte hingen einsam in der Luft. Chimära war nicht mehr da.

Ich rief noch lange HAUAB, obwohl ich *wusste*, dass sie weg war, noch lange nachdem ich spürte, dass ich alleine war. Alleine im Nebel der Wilden Wege. Erst als ich ganz sicher war, dass nicht das geringste bisschen Blutgeruch oder roter Regenbogen mehr in der Nähe war, hörte ich auf.

Mein Hals schmerzte innen wie außen. Meine Hände fühlten sich kalt und tot an. Mein verletztes Bein wollte mich kaum mehr tragen. Aber das war nicht das Schlimmste.

Das Schwierigste an den Wilden Wegen ist, sich auf ihnen zurechtzufinden.

Das hatte Tante Isa gesagt. Und das glaubte ich ihr. Der Nebel hatte Chimära verschluckt und sich wie ein Sack um mich geschlossen. Ich hatte keine Ahnung, in welche Richtung ich gehen musste. Es *gab* keine Richtung.

Wie um alles in der Welt sollte ich also nach Hause finden?

12 Katzenschnurren

»Denk nach, Clara.«

Ich sagte es langsam und laut zu mir selbst, denn es war wichtig. Es war eindeutig keine gute Idee, einfach loszumarschieren, ohne zu wissen, wohin. Mein Knie tat wahnsinnig weh, und ich wusste nicht, wie viele Schritte ich noch machen konnte, ehe mein Bein sich weigern würde, mich zu tragen.

Zu Hause – also zu Hause in der normalen Welt, wo ich bis vor ein paar Wochen gewohnt hatte –, da hatten Mama und ich die Vereinbarung, dass ich sie einfach nur anrufen musste, falls etwas passierte, das ich nicht überblicken konnte, dann würde sie kommen und mich abholen. Aber hier gab es kein Handy und auch keine liebe Mama.

Was *gab* es hier überhaupt außer Nebel?

Es gab Stille. Das Einzige, was ich hören konnte, war ein ganz leises Rauschen, das ebenso gut das Blut in meinen Ohren sein konnte. Und abgesehen von meinem eigenen Geruch nach Schweiß und Angst gab es um mich herum auch keinen Geruch. Es war weder warm noch kalt, weder trocken noch feucht. Es war nichts.

Das erinnerte mich an etwas.

Mir fiel wieder ein, wie Tante Isa mich aufgefordert hatte, die Augen zu schließen und mir die Nase zuzudrücken, während sie mir gleichzeitig die Ohren zuhielt. Wie sie mir nach und nach alle meine Sinne genommen hatte, bis nur noch der Wildsinn übrig geblieben war.

Er war das Einzige, was ich jetzt noch hatte.

Vermutlich hätte ich nicht mal die Augen schließen müssen, aber ich tat es trotzdem. Ich stand ganz still in den Wildnebeln und versuchte zu lauschen. Irgendwo in dieser Wüste musste doch etwas Lebendiges sein – also etwas anderes als Chimära.

Ich *streckte* mich, so weit ich konnte, streckte den Wildsinn in den Nebel aus, tastete und suchte … Hätte es irgendetwas anderes gegeben, das ich hätte tun können, ich hätte bestimmt aufgegeben. Aber es gab keinen Plan B. Also machte ich weiter, obwohl ich vor Erschöpfung schwankte und die Tränen mir in warmen Rinnsalen über das Gesicht liefen. Ich machte weiter. Und dann …

Hier.

Ganz, ganz leise. Eine kleine Wärme, eine kleine ferne Stimme.

Hier bin ich.

War es Tante Isa, die nach mir suchte? Ich konnte das Geräusch, oder wie auch immer man es bezeichnen sollte, nicht zuordnen. Ich war nur sicher, dass es nicht Chimära sein konnte, und solange das der Fall war, durfte es beinahe wer oder was auch immer sein.

Ich lief langsam los und lauschte angespannt diesem leisen Rufen. Das Gehen tat mir weh, und es gab immer noch keinen Weg und keinen Pfad, dem ich folgen konnte, nur den Nebel. Aber ich konnte die rufende Stimme immer deutlicher wahrnehmen.

Und ausgerechnet da wollte mein Knie nicht mehr mitmachen. Es knickte unter mir ein, und ich stürzte, ohne mich mit den Händen abfangen zu können. Das tat zwar nicht weh, denn unter meinen Füßen war weder Gras noch Stein oder Erde, sondern nur eine festere Form von Nebel, aber ich konnte nicht mehr aufstehen.

Finde mich, bat ich stumm. Komm und finde mich. Ich kann nicht mehr.

Im Nebel wurde ein Umriss erkennbar. Ich sah sofort, dass es kein Mensch war, aber erst als er ganz nah war, erkannte ich ihn.

Es war der Kater.

Ich hätte gerne HAUAB gerufen, aber ich konnte nicht. Ich war vollkommen leer. Ich lag nur noch da, die Hände auf den Rücken gefesselt, mit einem Knie, das sich weigerte, mir zu gehorchen; der Kater konnte mit mir machen, was er wollte. Ich war hilflos.

Er war genauso riesig, wie ich ihn in Erinnerung hatte. Groß wie ein Hund oder ein kleiner Panther.

Schwarz wie die Nacht, mit buschigem Schwanz und Tautropfen im Fell. Er roch nicht mehr ganz so intensiv nach Tang, eher ganz leicht nach Salzwasser, aber seine Augen funkelten noch unverändert gelb. Er öffnete das Maul zu einem rosaroten, zahnblitzenden Gähnen und streckte sich träge. Dann kam er herangeschlendert, so langsam und entspannt, als wüsste er, dass ich nichts tun konnte, weder kämpfen noch entkommen.

Mir, sagte er, genau wie in meinen bösen Träumen. *Mir.*

Dann legte er sich neben mich. Ganz nah.

Und fing an zu schnurren.

Es war keineswegs so, dass ich sofort verstanden hätte, was er vorhatte. Den ersten endlosen Augenblick wartete ich nur darauf, dass er seine Krallen ausfahren oder mich in den Hals beißen würde.

Aber das tat er nicht. Er lag schnurrend an meinem Bauch, und die Wärme seines Körpers breitete sich um mich herum aus, als hätte jemand ein Lagerfeuer angezündet. Erst da wurde mir langsam klar, dass der Kater mir nichts Böses wollte. Jedenfalls nicht hier und jetzt. Ich hatte keine Ahnung, warum er mir plötzlich half, statt mich zu jagen, und ich war mir auch nicht sicher, ob man sich darauf verlassen konnte, dass es dabei blieb. Aber genau hier und genau jetzt passte er auf mich auf, als wären wir Katzenmutter und Katzenkind.

»Wer bist du?«, flüsterte ich.

Aber er antwortete nicht. Er schnurrte nur ein bisschen lauter.

Und so fand uns Tante Isa schließlich.

13 Hexentreffen

Tante Isas Stube wirkte viel kleiner als sonst, was daran lag, dass sie voller Wildhexen war. Tante Isa hatte mir erklärt, wer wer war, und hatte uns einander vorgestellt, aber die Namen flatterten durch meinen Kopf, ohne sich niederlassen und jemandem zuordnen zu wollen. Der ältere Herr mit Vollbart und Tweedjacke war bestimmt Herr Malkin, und ich war mir ziemlich sicher, dass die nette Dame mit den rosigen Wangen und den schlohweißen Haaren Frau Pomeranze sein musste. Aber wie zum Donner hieß dieses junge Mädchen mit den grün-schwarz-gesträhnten Haaren? Die, die aussah, als hätte sie sich zu Fasching als Punk verkleidet? Mit schwarz geschminkten Augen, Sicherheitsnadel im Ohr und Hosen, die so löchrig waren, dass die Knie aus dem Stoff herausragten. Sie hatte ein weißes Frettchen dabei, das sich um ihren Hals geschmiegt hatte und uns alle aus blutroten Augen beobachtete.

Außerdem waren auch noch Kahla und ihr Vater da, den die anderen Meister Millaconda nannten. Er war offensichtlich genauso verfroren wie Kahla, denn er hatte seinen langen Kamelhaarmantel anbehalten, obwohl im Holzofen ein Feuer brannte und die Fenster durch die Wärme der vielen Leute schon beschlugen.

Sie alle hatten nach mir gesucht. Allein der Gedanke war schon überwältigend und ich hätte natürlich dankbar dafür sein müssen, aber jetzt gerade wünschte ich, sie würden allesamt einfach gehen. Ich wollte mit Tante Isa und Tumpe allein sein. Tumpe lag auf einer Decke vor dem Ofen und war nach Chimäras Angriff noch immer schlapp und benommen. Aber zum Glück lebte er.

Ich war so müde. Tante Isa hatte Wildgesänge für mich gesungen und meinen Hals, das Knie und auch meine Handgelenke gestreichelt, aber es war noch immer alles dick und schmerzhaft. Und sogar innerlich fühlte ich mich wund und geschwollen, als hätte ich mir in meinem Kopf etwas gezerrt, als ich Chimära mein HAUAB entgegengebrüllt hatte. Ich konnte gut noch eine Portion Tanten-Magie gebrauchen. Und außerdem gab es so viel, das ich sie gerne gefragt hätte.

Zum Beispiel, was es mit diesem schweren schwarzen Körper auf sich hatte, der sich an mein Bein gekuschelt auf dem Sofa ausstreckte und seinen breiten Kopf auf meinen Schoß gelegt hatte. *Mir*, schnurrte er in regelmäßigen Abständen, obwohl er unübersehbar schlief und nicht nur döste. *Mir, mir, mir.* Dabei schlug seine Schwanzspitze träge und zufrieden von einer Seite zur anderen. Ich wusste nicht so richtig, was ich davon halten sollte. Tante Isa sagte, dass der Kater mir wahrscheinlich das Leben gerettet hatte, indem er bei mir geblieben und für mich weiter gerufen hatte, wie ein großer, pelziger Notrufsender. Aber er war trotzdem noch derselbe Kater, der mich gekratzt, mein Blut abgeleckt und mich mit der Katzenkratzkrankheit angesteckt hatte. Wie hing das alles zusammen? Das hätte ich Tante Isa gerne gefragt.

Aber es gab keinerlei Anzeichen dafür, dass die vielen fremden Hexen schon wieder gehen wollten. Im Gegenteil. Sie fingen gerade erst an mit ihrem Hexentreffen. Und das Hauptthema auf der Tagesordnung war – ich. Ich und Chimära.

»Vielleicht könnte Fräulein Clara so freundlich sein und uns erzählen, was sich zugetragen hat«, sagte der Vollbart, der vielleicht Herr Malkin hieß. Und dann schauten mich natürlich alle an – Menschen und Tiere. Ich lief rot an und beugte mich über meine Teetasse, um mir nicht anmerken zu lassen, wie peinlich mir das war.

»Ich habe die Tür abgeschlossen, so wie Tante Isa es mir gesagt hatte«, begann ich, ohne die anderen anzusehen. »Aber dann hat es drüben vor dem Stall plötzlich gebrannt …«

Ich erzählte ihnen von dem Feuerholz, das vor der Stalltür aufgeschichtet worden war, und wie Stjerne dahinter geschrien hatte. Selbst jetzt, wo ich wusste, dass Chimära sich das alles ausgedacht hatte, um mich aus dem Haus zu locken, wusste ich immer noch nicht, was ich hätte anders machen sollen. Ich hätte doch nicht einfach zulassen können, dass sie den Stall mit Stjerne und all den Ziegen niederbrannte … Schon bei dem Gedanken schossen mir Tränen in die Augen.

»Natürlich nicht«, sagte Frau Pomeranze, die neben mir auf dem Sofa saß. »Du bist ein gutes und mutiges Mädchen, Clara, und du hast getan, was du tun musstest.« Sie streichelte mir tröstend über den Arm, und eine Wolke von Pfefferminzpastillen-Duft breitete sich um sie herum aus. Es half tatsächlich. Sie hatte mich mutig genannt. Das war mir vorher noch nie passiert. Der Kloß in meinem Hals schrumpfte ein wenig, und nach ein paar tiefen Atemzügen konnte ich weiterreden, ohne loszuweinen.

»Sie saß oben auf dem Dach«, sagte ich. »Ich habe sie nicht gleich gesehen, aber genau da war sie. Und dann … dann ist sie mir direkt auf den Kopf geflogen.«

Herr Malkin hob eine Augenbraue.

»Ich dachte eigentlich, diese Flügel würden in erster Linie als Verzierung dienen«, sagte er. »Kann sie, rein physikalisch gesehen, damit fliegen?«

Meister Millaconda schüttelte den Kopf.

»Eigentlich nicht. Wenn die Flügel ihr Körpergewicht wirklich tragen sollten, müsste ihre Spannweite vier- bis fünfmal größer sein. Ein gewisses Schweben wäre allerdings wahrscheinlich möglich.«

Ich schaute unsicher von einem zum anderen.

»Aber sie ist geflogen«, sagte ich. »Vom Dach herunter und auf … auf mich zu. Ich … ich bin hingefallen. Dann hat sie meine Hände gefesselt und einen Ring um meinen Hals gelegt, sodass ich mich nicht mehr wehren konnte. Und sie … hat irgendetwas mit Tumpe gemacht.«

Tante Isa nickte.

»Sie hat ihn verhext«, sagte sie. »Sie hat seinen Lebensstrang verdreht. Als ich nach Hause kam, war er immer noch bewusstlos. Ohne Hilfe hätte er es vermutlich nicht geschafft.« Tumpes Schwanz klopfte schwach auf den Boden. Entweder wusste er, dass wir von ihm gesprochen hatten, oder er freute sich einfach, Tante Isas Stimme zu hören.

»Was bedeutet das?«, fragte ich. »Das mit dem *Lebensstrang*?«

»Alle lebenden Wesen tragen etwas in sich, das wir den Lebensstrang nennen«, erklärte Frau Pomeranze. »Aus ihm kommt unsere Lebenskraft, und er ist es auch, der uns mit dem Rest der lebendigen Welt verbindet. Wenn er zerreißt, sterben wir.«

Dann wäre Tumpe also fast gestorben. Chimära hätte ihn um ein Haar umgebracht. Das machte mich so wütend, dass die Teetasse in meiner Hand bebte.

»Sie ist abscheulich«, sagte ich. »Sie ist abscheulich und böse und … *gleichgültig.*«

Das Punkermädchen nickte. »Sie ist eiskalt. Solange sie nur kriegt, was sie will, ist ihr der Rest der Welt egal.«

»Shanaia spricht aus Erfahrung«, sagte Frau Pomeranze. »Sie hat ihr Zuhause wegen Chimära verloren.«

Shanaia. Das war der Name. Sie saß rittlings auf einem der Esstischstühle, die Arme auf der Rückenlehne verschränkt. Ihre Augen schimmerten weiß zwischen all der schwarzen Schminke, und sie trug schwarze, fingerlose Handschuhe mit Nieten über den Knöcheln. Ich fand, dass man leicht ein bisschen Angst vor Shanaia und ihrem Frettchen bekommen könnte, und deshalb war es sicher sehr gut, dass sie auf unserer Seite war und nicht auf Chimäras. Ich wollte sie gerade fragen, was passiert war, als sie ihr Zuhause verloren hatte, aber Herr Malkin kam mir zuvor.

»Fräulein Clara, fahren Sie bitte fort. Wir haben heute Abend noch viel zu klären.«

Und so musste ich den Rest erzählen. Wie Chimära mich auf die Wilden Wege geschleppt hatte und wie ich sie schließlich dazu gebracht hatte zu verschwinden.

»Interessant«, murmelte Herr Malkin und strich sich mit einer Hand über den Bart. »Liebe Isa, darf ich dieses Halseisen einmal sehen? Denn du hast es doch gewiss mitgenommen, nicht wahr?«

»Ja«, sagte Tante Isa und reichte ihm die Leinentasche, in die sie das Halseisen und den Stahldraht gepackt hatte, nachdem sie mich davon befreit hatte.

Er öffnete die Tasche und schaute hinein. Dann

schüttelte er den Inhalt vorsichtig auf den Sofatisch. Er nahm einen Kugelschreiber aus der Brusttasche seiner Tweedjacke und stocherte damit in der dünnen Metallkette herum, ohne sie mit den Fingern zu berühren.

»Kaltes Eisen«, sagte er. »Kein Zweifel. Und dennoch hat es nicht gewirkt. Sonderbar.«

Was meinte er damit, dass es »nicht gewirkt« hatte? Hals und Nacken taten mir immer noch weh, und hätte Tante Isa mich nicht gefunden, hätte ich es noch immer um den Hals – ich hätte es niemals selbst abnehmen können.

Tante Isa bemerkte meine Verwirrung.

»Kaltes Eisen ist das Gegenteil von Magie«, sagte sie. »Die meisten Wildhexen hätten große Schwierigkeiten gehabt, ihre Kräfte einzusetzen, solange sie damit verbunden sind. Aber dir ist es gelungen.«

Das war schon seltsam, wo ich doch sonst so eine lausige Wildhexe war.

»Das Einzige, was ich kann, ist *HAUAB* zu rufen«, sagte ich.

»Ja. Vorläufig jedenfalls. Aber das beherrschst du dafür richtig gut.«

Herr Malkin schob das Eisen zurück in die Tasche, wieder ohne es direkt zu berühren.

»Hier haben wir unseren Beweis«, sagte er. »Das hier können die Rabenmütter nicht ignorieren.«

»Die Rabenmütter?«, sagte ich. »Wer ist das?«

»Der höchste Rat und das oberste Gericht der

Wilden Welt«, sagte Herr Malkin. »Bis jetzt haben sie gezögert, aber nun werden sie gezwungen sein, etwas gegen Chimära zu unternehmen!«

»Aber das würde bedeuten, dass Clara aussagen muss«, sagte Frau Pomeranze. »Isa, denkst du, sie ist schon so weit?«

Meine Tante musterte mich mit diesem Taschenlampenblick, vor dem man sich nicht verstecken kann.

»Sie ist ja kein kleines Mäuschen mehr«, sagte sie dann. »Nicht wahr, Clara?«

Der Kater auf meinem Schoß gähnte und streckte mir eine Pfote ins Gesicht – nicht etwa, um mich zu kratzen, sondern um mir mitzuteilen, dass ich ihm den Bauch kraulen sollte. Ich tat ihm den Gefallen.

»Natürlich nicht«, sagte ich. Aber ganz überzeugt war ich davon nicht.

14 Der Rabenkessel

Mama?«

»Hallo, Mäuschen! Wie geht es dir?«

»Gut.«

Wieso sagte ich das bloß? Sie war so froh, mich zu hören, und sie war so weit weg. Hätte ich ihr die Wahrheit erzählt, hätte sie sich nur Sorgen gemacht. Vermutlich war das der Grund.

»Gefällt es dir bei Tante Isa?«

»Ja. Ja, hier ist es schön. Ich mag die Tiere. Aber ich ... ich freue mich auch schon wieder so auf zu Hause.«

»Das kann ich gut verstehen, mein Schatz. Was sagt Tante Isa denn? Ist es bald sicher genug?«

»Vielleicht schon in ein paar Tagen. Wenn ... wenn alles klappt, wie es soll. Und ... wenn ich einen Kater mit nach Hause bringen darf.«

»Einen Kater?«

»Äh, ja. Ist eine lange Geschichte. Darf ich?«

Am anderen Ende der Leitung blieb es einen Moment still. Ich konnte hören, wie ein Teelöffel klirrend gegen einen Kaffeebecher schlug.

»Ja …«, sagte Mama zögernd. »Ich denke, das geht in Ordnung. Wenn du dich selbst um ihn kümmerst!«

»Das mache ich!«

»Ist Tante Isa da?«

»Sie unterhält sich gerade noch mit ein paar Gästen«, sagte ich schnell. »Bis bald. Kuss-kuss.«

Ich legte auf, während Mama noch dabei war, sich zu verabschieden. Ich hätte gerne auch mit Oscar telefoniert, aber es war Zeit aufzubrechen.

Es war ein bunter Haufen, der sich da am Gatter bei den weißen Steinen versammelt hatte. Ich saß auf Stjerne, damit ich mit meinem wehen Knie nicht mehr als nötig laufen musste. Die anderen gingen zu Fuß, mit Ausnahme von Frau Pomeranze, die auf einem großen, alten dunkelgrünen Damenfahrrad mit Oma-Lenker gekommen war. Ihr Fahrradkorb war mit Blumen geschmückt.

»Ich bekomme Gicht in den Hüften, wenn ich zu lange laufen muss«, sagte sie entschuldigend, als sie meinen Blick bemerkte. »Mit dem Fahrrad geht es besser.«

Kahlas Vater griff nach Stjernes Zügel.

»Also, eigentlich kann ich reiten«, sagte ich, ein bisschen eingeschnappt.

»Das ist schön«, sagte er. »Aber auf den Wilden Wegen zu reisen, ist mit einem kleinen Ausritt in den Wald nicht zu vergleichen.«

»Es ist wichtig, dass wir zusammenbleiben«,

mischte Herr Malkin sich ein. »Aber für den Fall, dass wir uns dennoch verlieren, weiß Meister Millaconda, wo wir hinmüssen. Du weißt das nicht.«

Ich erinnerte mich daran, wie es gewesen war, so alleine auf den Wilden Wegen, ohne zu wissen, wo oben und wo unten, wo vorne und wo hinten war. Ich schauderte bei dem Gedanken und hatte plötzlich überhaupt nichts mehr dagegen, dass Kahlas Vater Stjerne führte. Und das, obwohl Kahla direkt danebenstand und sehen konnte, dass ich wie ein Ponykind geführt wurde. Sie schielte unter dem Rand ihrer Mütze zu mir hoch, aber eigentlich sah sie nicht sehr überlegen aus. Eher verwirrt und ängstlich. Ganz genau wie ich.

»Seid ihr alle so weit?«, fragte Herr Malkin. »Gut. Dann gehen wir.«

Zunächst trottete Stjerne einfach den Kiesweg hinunter, auf der einen Seite das Feld, auf der anderen der Wald. Aber dann fingen Herr Malkin und Frau Pomeranze an zu summen, und der Nebelschleier über dem Boden wurde nach und nach dichter und grauer. Bald schlossen sich die Nebel der Wilden Wege um uns, und ich konnte nichts mehr sehen außer Stjernes Hals und Ohren, Kahlas rot und gelb gestreifter Mütze, dem Kamelhaarmantelrücken ihres Vaters und Tante Isa, die genau vor uns lief. Tu-Tu saß auf ihrer Schulter und rieb seinen Schnabel an ihren Haaren. Das war sicher liebevoll gemeint, aber es sah aus, als hätte er etwas am

Schnabel kleben, das er sich nur eben schnell abwischen wollte.

Der schwarze Kater saß auf einem Lammfellkissen direkt hinter dem Sattel. Ich konnte seine Wärme an meinem Rücken spüren.

In regelmäßigen Abständen stieß Herr Malkin, der ganz vorne ging, ein paar brummende Töne aus, die erst von Frau Pomeranze, dann von Isa und Kahlas Vater und schließlich von Shanaia, die hinter uns ging, wiederholt wurden. Ich wusste, worum es bei all dem Summen und Brummen ging – darum, den Weg zu finden, und darum, unsere kleine Truppe im Nebelland der Wilden Wege zusammenzuhalten. Wenn ich die Augen schloss, konnte ich die anderen gerade noch mit dem Wildsinn erspüren – Menschen wie Tiere. Aber ich traute mich nicht, es ernsthaft zu versuchen, außerdem wurde mir dabei schwindlig, und ich geriet auf Stjernes breitem Rücken ins Schwanken. Also ließ ich es lieber sein.

Plötzlich landete etwas Kaltes, Nasses auf meiner Nase. Ich schielte unwillkürlich und sah, dass es eine Schneeflocke war. Um uns herum war der Nebel nicht mehr nur Nebel, es hatte angefangen zu flimmern und große, fransige weiße Flocken landeten auf unseren Haaren und Kleidern und auf Stjernes warmem Hals.

»Sind wir bald da?«, fragte ich Meister Millaconda.

Er nickte.

»Es ist nicht mehr weit«, sagte er.

Da lichtete sich der Nebel. Wir befanden uns noch immer mitten im Wald, aber ich erkannte sofort, dass das hier nicht Tante Isas Wald war. Die Bäume waren uralt mit krummen schwarzen Stämmen, die so dick waren, dass es mindestens drei Mann gebraucht hätte, um einmal rundherum zu fassen. Und hier herrschte richtiger Winter, nicht nur Ende-November-Kälte. Wie Seifenschaum lag der Schnee auf den knorrigen Ästen, der Weg, dem wir folgten, war nicht mehr als ein Trampelpfad und der Himmel, den ich über den dunklen Baumwipfeln erspähen konnte, war dunkelgrau von noch mehr Schnee. Hoch über uns ertönten heisere Vogelrufe und schneenasse Flügelschläge, aber es waren keine Saatkrähen wie zu Hause bei Tante Isa, diese Vögel waren viel größer.

»Oh nein«, seufzte Kahla sehr leise. »Hier ist ja schon Winter …«

Man konnte ihrer Stimme deutlich anhören, wie sehr sie fror, und mitten in alldem tat sie mir plötzlich furchtbar leid.

Einer der großen Vögel flog so dicht über Stjernes Ohren vorbei, dass ich jede einzelne Feder erkennen konnte. Sein Schnabel war genauso lang wie meine Hand, seine Augen glänzend und kohlschwarz. Es waren Raben, die über uns kreisten, und ich hatte das kribbelnde Gefühl, dass sie uns nicht nur beobachteten, sondern sich auch über uns unterhielten. Hinter meinem Rücken rekelte sich der Kater und sprang dann leichtfüßig und geschickt auf den Boden.

»He, wo willst du hin?«, fragte ich, aber er streckte sich nur ein zweites Mal und verschwand dann zwischen den Bäumen.

»Katzen gehen ihre eigenen Wege«, sagte Meister Millaconda. »Wenn du dir so eine als Wildfreund aussuchst, hast nicht du eine Katze bekommen, sondern die Katze dich.«

»Ich bin mir nicht sicher, ob ich mir überhaupt einen Wildfreund ausgesucht habe«, sagte ich.

»Siehst du – da hast du es schon. Katzen entscheiden selbst.«

Der Schnee war so dicht, dass Frau Pomeranze vom Fahrrad steigen und schieben musste.

»Dieser Weg wird auch immer länger«, murmelte sie.

»Wir sind gleich da«, sagte Tante Isa. »Schau – man kann schon die Vögel sehen, die über dem Rabenkessel kreisen.«

Sie hatte recht. Vor uns, vielleicht einen halben Kilometer entfernt, war der Himmel voller Vögel. Der Großteil war Raben, aber auch kleinere Umrisse waren zu erkennen – nach den Tausenden heiseren Schreien zu urteilen, die die Luft erfüllten, waren es Krähen, Saatkrähen und Dohlen. Das Ganze sah aus wie ein Vogelsturm – ein Tornado aus schwarzen Vögeln. Das war dann wohl der Grund, weshalb man diesen Ort den Rabenkessel nannte.

Zumindest erklärte es die Sache mit den Raben. Das mit dem Kessel verstand ich erst, als wir etwas näher gekommen waren. Der Pfad mündete in einer Wagenspur, und die Wagenspur wurde zu einem Hohlweg, der mich ein bisschen an den Weg zu Tante Isas Haus erinnerte. Er grub sich immer tiefer nach unten, und die Böschung wurde immer steiler, bis wir schließlich einen offenen Platz erreichten. Wir standen auf dem Grund eines kesselförmigen Kraters, in dessen Mitte ein Ring aus Bäumen wuchs. Überall in der Kraterwand befanden sich Fenster und Türen, hinter denen sich offenbar Höhlen oder Häuser verbargen. Licht strömte durch die Fensterscheiben, und es duftete nach Holzfeuer und irgendetwas Essbarem.

Als wir die Mitte des Platzes erreicht hatten, wurde es still. Die zahllosen Tornadovögel hörten auf zu rufen und landeten mit rauschenden Flügeln in den Bäumen, als hätten sie nur auf dieses Signal gewartet. Schwarze Vogelaugen beobachteten uns von allen Seiten. Da konnte man schon ein bisschen nervös werden, bei so vielen Augen und so vielen Schnäbeln.

Dann öffnete sich eine Tür, und eine große, schwarz gekleidete Frau trat auf den Kraterplatz.

»Guten Abend«, sagte sie. »Seid willkommen. Wo ist die Neue?«

»Hier«, sagte Tante Isa. »Das ist meine Nichte Clara Ask. Clara, das ist Thuja, sie steht dem Rat der Rabenmütter vor.«

Einer der Raben flatterte vom Baum und setzte

sich auf Thujas Schulter. Er war so groß, dass er ihren Kopf deutlich überragte. Er schaute mich eingehend an.

»Oh ja. Jetzt sehe ich es. Sie ähnelt dir ein wenig, Isa.«

Aber Thuja hatte mich überhaupt nicht angeschaut. Sie hatte ihr Gesicht noch immer dem schneegrauen Himmel zugewandt, und ihre Augen waren geschlossen. Plötzlich begriff ich, dass sie blind war. Aber woher wusste sie dann, dass ich Isa ähnlich sah?

Weil sie durch die Augen des Raben sehen konnte. Das war die einzige Erklärung, die mir einfiel. Ich fröstelte auf eine Weise, die nichts mit dem Schnee zu tun hatte.

»Lasst uns zunächst den ernsten Teil hinter uns bringen«, sagte sie. »Clara Ask, du willst Anklage gegen eine Hexe der Wilden Welt erheben. Ist das richtig?«

Ich wurde schon wieder ganz unsicher, vielleicht, weil sie so ernst war.

»Ja«, flüsterte ich.

»Sag uns den Namen der Hexe, die du beschuldigst.«

»Chimära.« Es war zwar immer noch höchstens ein halb ersticktes Piepsen, aber wenigstens brachte ich den Namen heraus.

»Danke«, sagte Thuja mit einer gewissen Zufriedenheit, so als hätte sie schon lange auf diese Gelegenheit gewartet. »Dann können wir Chimära vor den Rat rufen! Aber jetzt kommt rein ins Warme, während wir warten, damit ihr die Nebel der Wilden Wege aus den Knochen bekommt.«

Sie ging zu einer der Türen, und die anderen folgten ihr. Ich zögerte.

»Was ist mit Stjerne?«, flüsterte ich Tante Isa zu.

»Stjerne ist auch willkommen«, antwortete Thuja, ohne sich umzudrehen. »Sie ist genauso weit gereist wie du.«

Tante Isa lächelte mir zu.

»Spring runter, damit wir ihr Sattel und Zaumzeug abnehmen können«, sagte sie. »Hier entscheidet Stjerne selbst, ob sie lieber draußen oder drinnen sein will.«

Und so kam es, dass Stjerne vergnügt hinter uns in das Kaminzimmer der Gästehöhle trottete. Im Kamin flackerte ein Feuer, und zehn zerschlissene Sessel standen in einem Halbkreis davor. In einer Ecke war der Boden mit einer dicken Schicht Sägespäne bedeckt. Dort stand auch ein großer Eimer mit Wasser, und ein volles Heunetz verströmte in dem dunklen Raum den Duft von Gras und Sommer.

»Hier sorgt man gleichermaßen gut für die menschlichen wie die tierischen Gäste«, sagte Frau Pomeranze und ließ sich mit einem dankbaren Seufzen in einen der Sessel sinken, während Stjerne ungefähr gleichzeitig die Vorderbeine abknickte, auf die Seite kippte und sich freudig in den Spänen wälzte.

Ich humpelte ans Feuer und setzte mich auch hin. Mein Knie war ganz steif und pochte ziemlich schmerzhaft, aber irgendetwas an diesem Raum, an diesem Ort, sorgte dafür, dass ich mich trotzdem wohlfühlte. Ein Teekessel blubberte über dem Kaminfeuer, und es bestand überhaupt kein Zweifel daran, dass irgendjemand diese seltsame Mischung aus Zimmer und Stall nur für uns hergerichtet hatte – sie hatten gewusst, dass wir kommen würden.

»Ich hoffe, ihr habt hier alles, was ihr braucht«, sagte Thuja. »Wenn nicht, sagt einfach Bescheid. Wir schicken einen Boten an Chimära los. Sie hat drei Tage Zeit, um sich zu melden, sonst müssen wir die Sache ohne sie prüfen.«

»Danke«, sagte Tante Isa.

»Denkt ihr, dass sie kommt?«, fragte ich und kam nicht umhin, mir zu wünschen, dass sie wegbleiben würde.

»Selbst für Chimära ist es eine ernste Angelegenheit, aus der Wilden Welt ausgestoßen zu werden«, sagte Tante Isa. »Sie kommt bestimmt.«

In meinen Ohren klang das eher wie eine Drohung als ein Versprechen.

Ich war so müde, dass ich fast nichts vom Abendessen hinunterbrachte. Die Betten in der Gästehöhle waren in kleinen Alkoven untergebracht, die sich mit schweren Samtvorhängen vom Kaminzimmer abschirmen ließen. Sobald wir gegessen hatten, nahm ich ein schnelles Bad und kroch dann in den Alkoven, den ich mir mit Kahla teilte. Kahla war offenbar genauso müde wie ich, denn sie hatte das Bad ausgelassen und lag schon schlafend unter einem Berg von Woll- und Daunendecken, der so hoch war, dass von ihr nichts als eine einzelne schwarze Locke zu sehen war. Ich rollte mich auf meiner Seite des Bettes zusammen und gähnte ein paarmal, während ich mit halbem Ohr den Stimmen lauschte, die vom Kamin zu uns herüberdrangen.

»... riskieren, dass sie sie freisprechen?«, sagte Meister Millaconda.

»Unmöglich!«, sagte Shanaia heftig. »Sie ist so schuldig, wie man nur sein kann!«

»Aber nicht dumm«, sagte Frau Pomeranze leise. »Vergiss nicht, wie sie es geschafft hat, dich aus Westmark zu vertreiben. Damals haben sie ihr geglaubt und nicht dir.«

»Aber jetzt werden sie ja sehen, dass sie sich geirrt haben!«

Für einen Moment blieb es still im Raum. Ich starrte an die Decke, die aus Baumwurzeln und Moos geflochten war, und spürte, wie mein ganzer Körper mit jedem Atemzug schwerer wurde. Langsam fielen mir die Augen zu.

»Wir haben das Halseisen«, sagte Shanaia dann. »Zählt das etwa nicht?«

»Nur wenn Clara aussagt«, sagte Meister Millaconda.

»Es hängt alles von der kleinen Clara ab«, sagte Frau Pomeranze. »Ich hoffe wirklich, sie schafft es.«

Das hoffe ich auch, dachte ich und sank in einen unruhigen Schlaf voller Albträume, in denen Chimära mich durch neblige Straßen und Kellergänge hetzte und sich jedes Mal wenn ich dachte, ich wäre ihr entkommen, wie ein Sperber auf mich herunterstürzte.

Mitten in der Nacht bemerkte ich plötzlich einen pelzigen Körper neben mir, eine schwere, schnurrende Wärme. Mein Kater. Mein schwarzer Kater.

Erst da hörten die Albträume auf.

15 Zähne und Klauen

»Clara. Clara, wach auf. Sie ist schon da.«

Wer? Was? Mit schwerfälligen Zügen tauchte ich langsam vom Grund eines tiefen schwarzen Sees aus Schlaf auf. Würde ich etwa schon wieder zu spät in die Schule kommen?

Aber es war natürlich nicht Mama, die neben mir stand und mir über die Schulter streichelte, um mich aufzuwecken. Es war Tante Isa. Und ich lag auch nicht in meinem eigenen, weichen Bett zu Hause in meinem Zimmer, sondern im Gästebett des Rabenkessels.

Endlich ging mir auf, wen sie meinte.

»Chimära? Ist sie hier?«

»Ja. Und sie verlangt, dass der Prozess innerhalb der nächsten Stunde eröffnet wird.«

Mein Kopf war schwer wie Blei, und mein Knie tat weh.

»Darf sie das denn bestimmen?«

»Ja. Das ist ihr Recht, weil wir es waren, die die Klage gegen sie vor den Rat gebracht haben.«

Nach dem, was Thuja gesagt hatte, war ich davon

ausgegangen, mindestens drei Tage Ruhe zu haben. Drei Tage, um zu mir zu kommen, drei Tage, um mich vorzubereiten und herauszufinden, was mir bevorstand und was es bedeutete, vor dem Rat der Rabenmütter auszusagen. *Ich hoffe wirklich, sie schafft es,* hatte Frau Pomeranze gesagt, als sie dachte, ich würde sie nicht hören. Ich wusste über Prozesse nicht viel mehr als das, was ich aus Fernsehserien kannte, und ich hatte den vagen Verdacht, dass das hier nicht ganz dasselbe werden würde.

Und das wurde es auch nicht. Zunächst gab es keinen Gerichtssaal – genau genommen gab es überhaupt keinen Saal. Das Ganze fand mitten im Rabenkessel statt, im Kreis der schneebedeckten Bäume. Es gab auch keine smarten Anwälte, die aufspringen und »Einspruch!« rufen konnten, wenn jemand zu hart mit den Zeugen umsprang, und dort, wo man normalerweise einen Richter erwarten würde, standen stattdessen sieben Gestalten. Sie waren ganz in Schwarz gekleidet und trugen schwarze Kopftücher – sowohl die Frauen, unter ihnen Thuja, als auch die beiden Männer. Die meisten von ihnen hatten auf dem Arm oder auf der Schulter einen Raben sitzen, und auch in den Bäumen saßen noch immer mehrere Hundert Vögel – Raben, Saatkrähen, Nebelkrähen und Dohlen.

»Das sind die Rabenmütter«, flüsterte mir Tante Isa zu, die dicht hinter mir stand.

»Aber … ein paar davon sind doch Männer …?«

»Ja, heutzutage gibt es eine gewisse Gleichberechtigung.«

»Und manche von ihnen sind blind?«

»Ja. In den alten Zeiten musste man den Raben seine Augen überlassen, um eine Rabenmutter zu werden. Heute handhaben wir das glücklicherweise nicht mehr so, aber viele, die von Natur aus blind sind, fühlen sich zu dieser Aufgabe hingezogen, was man ja gut verstehen kann. Du hast sicher bemerkt, dass Thujas Rabe für sie sieht?«

Ich nickte.

»Aber ... wie hat man das früher gemacht? Ich meine, wie haben sie denn den Raben ihre Augen überlassen?«

»Ich fürchte, das ist ganz buchstäblich zu verstehen. Man entfernte den Augapfel und gab ihn dem Raben zu fressen. Heutzutage wird das nur noch rein symbolisch gemacht – man mischt ein bisschen Blut und etwas Tränenflüssigkeit in eine Fettkugel, die der Rabe dann verzehrt.«

Igitt. Ich hätte nicht gewollt, dass die Raben irgendetwas von mir fraßen, nicht mal dann, wenn es nur ein bisschen Blut oder so gewesen wäre.

Dann fiel mir wieder ein, dass der Kater bei unserer ersten Begegnung ja auch mein Blut aufgeleckt hatte. Ich konnte zwar nicht durch seine Augen sehen, so wie Thuja bei ihrem Raben, aber vielleicht war das die Erklärung, warum ich ihn hören konnte?

Ich konnte Chimära nirgends entdecken. Die Stunde war um und genau jetzt sollte die Verhandlung beginnen. Die Sonne war schon aufgegangen und stand tief hinter den Bäumen. Über dem Grund des Rabenkessels hing grauweißer Nebel. Es war so kalt, dass ich meinen eigenen Atem sehen konnte, aber wenigstens schneite es nicht mehr.

Der Kater, der mich die ganze Nacht warm gehalten hatte, war wieder verschwunden. Wie mir schien, konnte er den Rabenkessel mit all seinen schwarzen Vögeln nicht leiden. Das beunruhigte mich, oder besser gesagt, es machte mich noch unruhiger, als ich sowieso schon war. Ängstlich. In meinem Hals steckte ein harter, kantiger Kloß, so als hätte ich einen Stein verschluckt.

Es gab niemanden, der auf die Uhr geschaut hätte oder irgendetwas in dieser Art, aber trotzdem konnte man eine gewisse Ungeduld unter den sieben Rabenmüttern beobachten, die zwischen den Bäumen warteten. Tante Isa stand so dicht hinter mir, dass ich die Wärme ihres Körpers spüren konnte, und ein bisschen weiter weg standen Herr Malkin, Frau Pomeranze, Meister Millaconda und Shanaia. Sie waren natürlich ebenfalls eine Art Zeugen für das, was Chimära getan hatte, aber ich glaube, sie waren vor allem da, um zu demonstrieren, dass ich nicht alleine war. Tante Isa hielt die Tasche mit dem Halseisen in der Hand. Kahla durfte offenbar nicht dabei sein, weil sie noch keine vollwertige Wildhexe war. Sie war zusammen mit Stjerne im Gästezimmer geblieben. Die Glückliche.

Dann kam Chimära.

Sie war riesig. Oder genauer gesagt, ihre Flügel waren riesig. Als sie sie ausbreitete, schienen sie fast von der einen Seite des Baumkreises zur anderen zu reichen.

»Lasst uns keine Zeit mehr verschwenden«, sagte sie, als wären wir zu spät gekommen und nicht sie. »Ihr alle kennt das alte Gesetz. Ich verlange, dass diese kleine Lügnerin wegen Ehrverletzung und falscher Beschuldigungen meiner Gnade übergeben wird.« Sie zeigte mit einer langen goldenen Kralle in meine Richtung.

Was? *Meiner Gnade übergeben wird?*

»Was bedeutet das?«, flüsterte ich Tante Isa zu. »Darf sie das?«

Tante Isa zögerte. »Ich weiß es nicht«, sagte sie schließlich. »Heutzutage werden Prozesse normalerweise nicht mehr so geführt, aber …«

Ich konnte sehen, dass die Rabenmütter die Köpfe zusammensteckten. Wir waren zu weit weg, um zu hören, was sie murmelten, aber dann richteten sie sich auf, und Thuja trat einen Schritt nach vorne.

»Von welchem Gesetz sprichst du, Chimära?«

Chimära hielt ein altes Buch hoch.

»Zahn und Klaue«, sagte sie. »Das älteste von allen. Bravita Blutskind hat es vor vierhundert Jahren aufgeschrieben, aber es hat schon zu allen Zeiten existiert. Und es gilt immer noch.«

Chimära warf Thuja das Buch vor die Füße, aber die blinde Rabenmutter unternahm keinerlei Versuch, es aufzuheben.

»Erst musst du deine Behauptung beweisen«, sagte sie.

Ich drehte mich zu Tante Isa um.

»Was meint sie damit? Gilt es nun oder nicht, dieses Zahn-und-Klaue-Dings?«

»Damit hatte ich nicht gerechnet«, sagte Tante Isa, und ihre Lippen waren zwei dünne graue Striche. »Es gibt doch heutzutage verdammt noch mal niemanden mehr, der Bravita Blutskind mit ins Gericht schleppt.«

»Aber was bedeutet das? Heißt das, wenn ich verliere, bekommt sie mich?«

»In den alten Zeiten war es eine sehr ernste Angelegenheit, wenn man vor dem Rat angeklagt wurde. Für viele Verbrechen gab es die Todesstrafe, es war also wichtig, dass niemand nur zum Spaß oder mit falschen Anschuldigungen eine Klage vorbrachte. Deshalb gehörte der, dessen Vorwürfe sich als falsch herausstellten, dem Gewinner des Prozesses.«

»Wie lange?«

»Das weiß ich nicht. Bis hin zu lebenslänglich, denke ich.«

Plötzlich hatte ich das Gefühl, als wäre mein Körper zu eng geworden, als wäre in meiner Haut nicht mehr genug Platz für mich und meine Angst. Ich wollte Chimära nicht gehören. Nicht mal für eine Stunde! Und schon gar nicht für den Rest meines Lebens!

Tante Isa legte mir beruhigend eine Hand auf die Schulter.

»Das gilt ja nur, wenn wir nicht gewinnen. Und wir haben gute Argumente.«

Sie hatte leicht reden. Sie musste ja auch nicht Chimäras Sklavin sein, wenn wir verloren.

Ich schaute zu Chimära. Sie hatte ihre Flügel angelegt. Sie sahen zwar immer noch riesengroß aus, aber nicht mehr ganz so gewaltig wie in dem Moment, als sie in den Kreis gesegelt war. Ihr Gesicht war vollkommen ausdruckslos, aber sie streckte eine Hand – oder besser gesagt, eine Klaue – aus und krümmte die Finger, als würde sie sich schon darauf freuen, genau diese Klaue um *mich* zu schließen.

»Lasst uns die Anklage hören«, sagte Thuja.

Ich fühlte mich so furchtbar winzig. Ich weiß nicht, wie ich das erklären soll – aber manchmal kommt es mir so vor, als wären alle anderen mindestens einen Meter größer und natürlich hundertmal klüger, mutiger und hübscher als ich. Ich bin wirklich nicht besonders groß, aber darum geht es gar nicht. Manchmal bin ich einfach *innerlich* klein. Und die anderen Menschen sind riesig.

Ich war eine Maus. Oder noch kleiner – ein Käfer,

eine Ameise. Und wenn ich gleich versuchte, den Mund aufzumachen, würde nicht der leiseste Pieps herauskommen.

Tante Isa gab mir einen sanften Schubs.

»Du musst es vortragen«, sagte sie. »An dir hat sie sich schuldig gemacht.«

Aber ich konnte nicht. Meine Zunge hatte sich in Stein verwandelt. In einen harten, glatten Stein, der kalt und schwer in meinem Mund lag und sich unmöglich bewegen konnte.

Thuja hob eine Augenbraue und wiederholte ihren Befehl.

»Clara Ask, lass den Rat deine Anklage hören!«

Sag es!

Das war die Stimme des Katers. Aber wo steckte er? Ich sah mich um und entdeckte ihn außerhalb des Baumkreises. Er lag zusammengerollt und kohlschwarz in dem weißen Schnee und peitschte mit dem Schwanz, als hätte er größte Lust, Chimära einfach ins Gesicht zu springen und sie mit Zähnen und Klauen zu zerfetzen.

Der Stein in meinem Mund löste sich auf. Diese unerschrockene Katzenseele hatte irgendetwas ... Ansteckendes. Der Kater hatte mein Blut in sich. Und vielleicht war auch ein bisschen Kater in mir?

»Du musst nur erzählen, was gestern passiert ist«, flüsterte Tante Isa hinter mir.

Ich nickte.

»Zurzeit wohne ich bei Tante Isa«, setzte ich an.

»Lauter«, brummte eine der männlichen Rabenmütter. »Kann das Mädchen den Mund nicht ordentlich aufmachen? Man hört ja nichts.«

»Als meine Tante gestern nicht zu Hause war, kam Chimära«, fuhr ich fort und bemühte mich wirklich, lauter zu sprechen.

»Was? Was hat sie gesagt?«

»Jetzt sei schon still, Valla, und lass das Mädchen reden«, sagte Thuja. »Leih dir die Ohren deines Raben, wenn deine eigenen nichts taugen.«

Der Mann, der offenbar Valla hieß, sah beleidigt aus, aber ich war froh, dass Thuja mich verteidigt hatte.

»Sie hat die Stalltür in Brand gesetzt, um mich aus dem Haus zu locken«, sagte ich. »Und dann ist sie über mich hergefallen, hat meine Hände mit Stahldraht gefesselt und mir das hier um den Hals gelegt.«

Tante Isa trat vor und schüttelte das Halseisen aus der Tasche. Ein Raunen ging durch die Rabenmütter, als ihnen klar wurde, was da vor ihnen lag.

»Ein Halseisen«, sagte Thuja. »Sie hat kaltes Eisen um deinen Hals gelegt?«

»Ja«, sagte ich. »Und fast hätte sie Tumpe umgebracht!«

»Tumpe?«, knurrte Valla. »Wer zum Teufel ist das schon wieder?«

»Unser Hund. Sie … Isa, wie hieß das noch gleich, was sie gemacht hat?«

»Sie hat seinen Lebensstrang verdreht«, sagte Isa.

»Ich konnte ihn nur mit Mühe retten. Mein Haus. Mein Hund. Meine Nichte. Sie hat auch *meine* Rechte verletzt!«

Thuja schüttelte den Kopf.

»Isa, du kannst nicht den Platz deiner Nichte einnehmen. Sie ist die Anklägerin, nicht du. Du kannst nicht in ihrem Namen sprechen.«

Tante Isa senkte den Kopf und schwieg. Aber ihre Hand blieb auf meiner Schulter liegen.

»Clara, fahre fort. Was ist weiter passiert?«

»Chimära hat versucht, mich zu entführen. Sie hat einfach in Kauf genommen, dass Tumpe sterben würde, und ihn liegen lassen. Mich hat sie auf die Wilden Wege geschleift. Ich weiß nicht, wohin sie mich bringen wollte, oder was sie mir weiter getan hätte. Ich habe sie … verjagt. Und … und dann hat Tante Isa mich irgendwann gefunden.«

»Sie hatte noch immer das Halseisen um die Kehle«, sagte Isa.

»Isa …«

»Ich klage nicht an«, sagte Isa. »Ich bezeuge nur. Ich habe es ja gesehen.«

»Ja, ja, schon gut. Dann belassen wir es dabei. Die Anklage lautet also, dass Chimära in Isas Wildhag eingedrungen ist, Haus und Tier Schaden zugefügt hat und – und das ist der schwerwiegendste Vorwurf! – einer anderen Hexe kaltes Eisen angelegt hat.«

»Ja«, sagte ich, so laut ich konnte. »So lautet die Anklage!«

Gut gesungen, kleine Schwester, flüsterte der schwarze Kater in meinem Kopf, und seine Zufriedenheit erfüllte mich mit einer scharfen, wilden Wärme mitten in der Wintermorgenkälte.

Aber es war zu früh, sich zu freuen, denn jetzt war Chimära an der Reihe.

Sie breitete die Flügel aus und faltete sie wieder zusammen. Auch wenn es kein gewaltiges Flügelschlagen war, wirbelte es trotzdem Schnee auf, der um ihre Füße stob.

»Wenn das alles ist«, sagte sie, »wieso sind wir dann überhaupt hier?«

»Das sind ernste Anschuldigungen«, erwiderte Thuja.

»Wenn sie denn wahr wären. Und wenn sie eine Hexe vorgetragen hätte.«

»Was meinst du?«

Sie zuckte mit den Flügeln.

»Ich bin heute hierhergekommen, weil ich den Rat und das Gesetz achte. Aber seit wann verlangt das Gesetz, dass man sich damit abfinden muss, wenn die eigene Hexenehre von einem verwirrten Mädchen, das noch nicht mal eine Maus herbeirufen kann, in den Dreck gezogen wird? Sie ist keine Wildhexe. Sie dürfte hier heute gar nicht stehen. Und ihre sogenannte Anklage ist von vorne bis hinten erlogen. Ich weiß nicht, wer Isas Stalltür angezündet hat – vielleicht das Mädchen selbst? Ich weiß auch nicht, wer Isas Hund verletzt hat. Vielleicht war auch das dieses

Mädchen da. Aber ich weiß, dass die verehrten Mütter des Rats klug genug sind, um zu durchschauen, dass ihre Behauptungen Lügen sein *müssen*. Schaut sie euch an. Und dann mich. Sie behauptet, *sie* hätte *mich* verjagt – vermutlich sollen wir auch noch glauben, sie hätte das mit einer Beschwörung geschafft. Noch dazu mit kaltem Eisen um den Hals. Das würde in Wahrheit eine Wildhexe mit fantastischen Fähigkeiten verlangen. Schaut sie euch an, verehrter Rat – ist diese Geschichte glaubwürdig?«

»Nein«, murmelte Valla. »Das klingt höchst seltsam.«

»Clara lügt nicht«, sagte Isa. »Und sie *ist* eine ganz besondere Wildhexe, sie ist nur nicht –«

»Isa, ich habe dich gewarnt«, sagte Thuja. »Hier im Hexenrat geht es nicht darum, wer sich die teuersten Anwälte leisten kann. Hier vertritt jede Hexe ihre Angelegenheiten selbst.«

»Und wer keine Hexe ist, redet erst gar nicht«, sagte Valla. »Vielleicht spricht das Mädchen ja deshalb so leise, dass man sie kaum verstehen kann. Wie wäre es, wenn wir damit anfingen, zunächst zu klären, ob sie überhaupt eine Wildhexe *ist*? Sag ihr, sie soll irgendein Tier herbeirufen.«

Ich stand mit offenem Mund dabei und hatte das Gefühl, als hätte man mir soeben den Boden unter den Füßen weggezogen. Chimära hatte mich niedergeschlagen, mich gefesselt und entführt – und trotzdem war plötzlich *ich* die Angeklagte?

Angeklagt, ja. Keine Wildhexe zu sein. Und vielleicht war ich das auch nicht. Es war ja richtig – wer hatte denn schon je von einer Wildhexe gehört, die nichts anderes konnte, als HAUAB zu brüllen?

»Eine Maus«, sagte Chimära triumphierend. »Sagt ihr, sie soll eine Maus herbeirufen. Wenn sie das nicht kann, ist sie auch keine Hexe, und dann ist es himmelschreiend offensichtlich, dass auch der Rest ihrer Behauptungen nicht stimmen kann. Dann gehört sie mir!«

Ihre Augen funkelten gierig, und wieder machte sie diese Bewegung mit ihrer Klaue.

Ich war innerlich völlig leer. Da war kein Gedanke mehr und kein Gefühl, nur noch blanke, rohe Panik und eine winzige, verzweifelte Stimme, die nichts als *Ich-kann-das-doch-nicht, Ich-kann-das-doch-nicht* rief. Ganz leise hörte ich Frau Pomeranze ein kleines, hoffnungsloses »Oh nein ...« seufzen.

»Meine Nichte hat ihre Ausbildung gerade erst begonnen«, sagte Isa. »Sie ist besser darin, Tiere zu verjagen ...«

»Das kann jeder, der laut genug brüllt«, sagte Valla. »Jetzt seht endlich zu, dass sie eine Maus herbeiruft, damit wir weitermachen können.«

Ich schloss die Augen und versuchte verzweifelt, den Wildsinn zu benutzen, aber ausgerechnet jetzt konnte ich nichts anderes spüren als meine eigene Panik. Oder doch nicht? Plötzlich merkte ich, wie etwas innen in meinem Hosenbein nach oben kletterte. Überrascht machte ich die Augen auf und vergaß fast, Angst zu haben. Ich spürte, wie etwas unter meinen Pulli schlüpfte und sich mit winzig kleinen, warmen Pfötchen in meinem Ärmel nach unten bewegte. Ich streckte die Hand mit der Handfläche nach oben aus, und aus meinem Ärmel spazierte eine kleine, dünne graue Maus.

Ich weiß nicht, woher sie gekommen war. Ich weiß es wirklich nicht.

Aber sie saß einfach da, auf meiner Handfläche, und putzte sich die rosa Schnauze mit kleinen grauen Mäusepfötchen. Ihre Tasthaare vibrierten an meinen Fingern. Das konnte unmöglich die Mäppchenmaus sein, aber sie sah exakt so aus.

»Ja, ja«, sagte Valla und klang fast enttäuscht. »Dann wäre das geklärt. Das Mädchen *ist* eine Wildhexe. Jetzt müssen wir nur noch herausfinden, ob sie die Wahrheit sagt.«

Chimära schien außer sich vor Wut zu sein. Sie hatte nicht erwartet, dass ich es schaffen würde. Tatsächlich hatte nicht einmal ich selbst damit gerechnet. Es hatte sich nicht so angefühlt. Aber die Maus saß da, und für den Augenblick reichte das aus.

»Gut«, sagte Chimära schließlich. »*Vielleicht* ist sie eine Hexe. Aber sie ist noch immer eine Lügnerin. Ich verlange, dass sie mit Feuer geprüft wird, damit jeder sehen kann, was wahr ist und was gelogen und erfunden!«

»Die Feuerprobe?«, sagte Thuja. »Das ist eine harte Prüfung für eine so junge Hexe.«

»Wenn sie wirklich eine Hexe ist und wenn sie wirklich die Wahrheit sagt«, entgegnete Chimära, »dann hat sie ja nichts zu befürchten – nicht wahr?«

16 Wer es nicht versucht

Ich hatte mir wohl irgendetwas mit glühenden Kohlen vorgestellt, oder dass ich eine Kerze mit den Fingern löschen oder irgendetwas Brennendes tragen sollte. Aber um so etwas ging es offenbar doch nicht.

»Die Prüfung besteht aus vier Elementen«, erklärte Frau Pomeranze, als wir wieder im Gästehaus des Rabenkessels saßen und auf die Dunkelheit warteten – denn selbstverständlich würde die Feuerprobe nachts stattfinden. Wahrscheinlich damit man die Flammen auch ordentlich sehen konnte. »Das Feuer des Himmels, das Feuer des Wassers, das Feuer der Erde und das Herz des Feuers.«

Vier Prüfungen – war eine etwa nicht genug?

»Der erste Teil ist nicht so schlimm«, sagte Meister Millaconda und glaubte wohl, mich damit beruhigen zu können. »Bei dem Feuer des Himmels handelt es sich um eine Art Feuerfliegen.«

Feuerfliegen. Das klang nicht sonderlich gefährlich.

»Was muss man mit denen machen?«, fragte ich

und streichelte mit einer Hand den Rücken des Katers.

»Im Grunde geht es immer um dasselbe. Du musst mit ihnen reden und sie davon überzeugen, dass du die Wahrheit sagst. Dann lassen sie dich passieren, ohne dich zu verbrennen.«

»Aber ... ich kann doch nicht mit ihnen reden. Ich kann sie nur verjagen!«

»Wer weiß – vielleicht wirkt auch das«, sagte Frau Pomeranze mit einem kleinen Lächeln. »Aber ich habe die leise Ahnung, dass du mehr kannst, als du selbst denkst. Die Maus ist schließlich auch gekommen – nicht wahr?«

»Schon.« Nur wie sollte ich erklären, dass sie nicht gekommen war, weil ich sie gerufen hatte? Sie war einfach ... gekommen. Von ganz alleine. Oder vielleicht weil ich früher mal der Mäppchenmaus geholfen hatte? Ich wusste es nicht. Ich konnte nicht mit ihr sprechen. Genauso wenig wie mit Feuerfliegen.

»Brennen die?«, fragte ich. »Diese Feuerfliegen da?«

»Ja. Wenn es dir nicht gelingt, sie davon abzuhalten. Es sind nur kleine Flämmchen, aber es sind viele.«

»Die zweite Prüfung ist das Feuer des Wassers«, sagte Herr Malkin. »Dabei musst du durch Wasser gehen, in dem Feuermedusen schwimmen. Ihre Tentakel sind viele Meter lang, und ihr Feuer lähmt und brennt zugleich. Wenn du sie nicht dazu bringen kannst, ihre Feuertentakel zurückzuziehen, dreh um. Ihr Gift kann dich töten, wenn du zu viel davon abbekommst.«

»Hör auf, dem Mädchen Angst einzujagen«, sagte Frau Pomeranze und sah ihn streng an.

»Ich sage das nicht, um ihr Angst zu machen. Aber sie muss die Wahrheit kennen. Es ist wohl immer noch besser, eine Weile als Chimäras Sklavin zu leben, als tot zu sein!«

»Da bin ich mir nicht so sicher«, sagte Shanaia finster. »Ich glaube, ich persönlich wäre lieber tot.«

Plötzlich sprang Kahla auf. »Hör auf so zu reden!«, fauchte sie und zeigte mit ihrer gestreiften Fingerhandschuh-Hand auf Shanaia. »So etwas darfst du nicht sagen!«

Shanaia sah ein bisschen verblüfft aus, und ich war auch überrascht. Versuchte Kahla etwa, mich zu beschützen? Das sah ihr nicht ähnlich. Da musste etwas anderes dahinterstecken.

Meister Millaconda war jetzt ebenfalls aufgestanden und legte den Arm um Kahla.

»Schhhh, Kahla. Sei still.« Er schimpfte nicht mit ihr, er tröstete sie. Warum? Weshalb sollte Kahla traurig sein? Gerade jetzt war doch wohl eher ich diejenige, die Trost gebrauchen konnte!

»Wenn ich mich also umdrehe ..., dann habe ich verloren?«, fragte ich.

»Ja.« Tante Isa nickte. »So will es das Gesetz.«

Bitterkeit stieg in mir hoch und ließ sich nicht länger zurückhalten.

»Das Gesetz? Was ist das für ein Gesetz? Ich habe niemanden darum gebeten, eine Wildhexe zu werden, und jetzt soll ich plötzlich irgendein lebensgefährliches Hexenexamen ablegen – und wenn ich durchfalle, dann darf Chimära mit mir machen, was sie will? Das nennt ihr Gerechtigkeit?«

Tante Isa strich mir über den Kopf.

»Arme Clara. Es ist hart, das weiß ich. Die Wilde Welt ist kein sanfter, rücksichtsvoller Lebensraum, weder für Menschen noch für Tiere. Sie ist gefährlich. Manchmal lebensgefährlich. Und die Gesetze der Wildhexen ähneln den Gesetzen der Natur vielleicht ein wenig mehr, als du es gewöhnt bist. Aber das Seltsame ist … auf irgendeine Weise endet es doch meistens mit einer Form von Gerechtigkeit.«

»Nicht immer«, sagte Shanaia bitter.

»Nein. Nicht immer. Aber oft. Vertraue auf die Natur, Clara. Und vertrau auf die Wildhexe, die in dir steckt.«

Die Natur war ein Ort, an dem große Tiere kleine fraßen. Chimära war *viel* größer als ich. Ich hatte nicht die geringste Lust, *auf die Natur zu vertrauen.*

»Die dritte Prüfung ist das Feuer der Erde«, sagte Herr Malkin. »Dabei musst du durch eine Grotte gehen, in der …«

»Hören Sie auf«, sagte ich. »Seien Sie still! Ich will

nichts mehr wissen. Ich komme ja doch nie durch diesen … Quallenpool.«

»Clara …«, setzte Tante Isa an.

»Nein. Ich will nicht mehr. Ich will nach Hause!«

Ich stürzte aus dem Raum und knallte die Tür hinter mir zu. Der Kater schaffte es gerade noch hindurchzuschlüpfen, ohne sich den Schwanz einzuklemmen. Er fauchte mich unfreundlich an.

»Fängst du jetzt auch noch an?«, fragte ich ihn. »Das Ganze ist doch sowieso nur deine Schuld, kapierst du das nicht? Hättest du mich in Ruhe gelassen, dann …«

Dann wäre nichts von alldem hier passiert. Dann wäre ich immer noch Clara Ask aus der 5b, ganz gewöhnlich und ein bisschen schüchtern, mit ein paar Sommersprossen zu viel. Oscars beste Freundin und ein Mädchen, das mit seiner Mutter in der Merkurgade wohnte.

Vielleicht sollte ich einfach abhauen. Ja. Einfach verschwinden, ohne jemandem etwas zu sagen. Mich irgendwo verstecken, bis sie nicht mehr länger nach mir suchten, und dann sehen, ob ich nicht alleine nach Hause finden würde. Nicht über die Wilden Wege, das traute ich mich nicht, aber der Rabenkessel musste doch verflixt noch mal auch irgendwo auf der ganz gewöhnlichen Landkarte verzeichnet sein, auf demselben Erdball wie unsere Wohnung, die Schule und die Stadt zu Hause. Konnte schon sein, dass es länger dauern würde, als wenn man die

Wilden Wege benutzte, aber früher oder später würde ich ja wohl auf irgendwelche normalen Menschen treffen, die mir helfen konnten, auf ganz normale Weise nach Hause zu kommen. Mit dem Zug, dem Bus oder von mir aus mit dem Flugzeug, falls es sein musste.

Ich rannte über den Platz zum Ausgang des Rabenkessels, zu dem Hohlweg, der zurück in den Wald führte. Aber bevor ich ihn erreicht hatte, stand der Kater plötzlich vor mir und versperrte mir den Weg.

Nein, sagte er, drinnen, in meinem Kopf.

»Geh weg«, sagte ich. »Verschwinde!«

Aber er stand nur da, genauso groß und unbeweglich wie an jenem allerersten Regenwettermorgen vor der Kellertreppe. Er hatte nicht vor, mich vorbeizulassen.

Fliehe nie, bevor du nicht gekämpft hast, flüsterte er. *Einen Kampf zu verlieren heißt nur, dass der andere stärker ist als du. Aber fliehst du, ohne es versucht zu haben … dann ist der Feind* besser *als du. Und dann gewinnst du nie wieder. Niemals.*

So viele Worte hatte ich noch nie von ihm gehört.

»Du bist eine Katze«, sagte ich. »Was weißt du schon von einer Sache wie dieser hier?«

Alles, sagte er. Und dann machte er Platz, sodass ich leicht an ihm vorbeikonnte, wenn ich wollte.

Ich hatte die Wahl.

»Das ist echt gemein«, flüsterte ich. »Jetzt bin ich gezwungen zu bleiben.«

Denn mir war klar geworden, dass er recht hatte. Wenn ich jetzt weglief, ohne es auch nur zu versuchen, dann hatte Chimära mich ein für alle Mal besiegt. Ich würde immer wissen, dass ich einfach abgehauen war. Dass ich nichts taugte. Dass sie und alle anderen wirklich größer, besser und klüger waren als ich. Dass ich nichts wert war.

Dann lieber sterben.

Ich konnte nicht sagen, ob es der Gedanke des Katers oder mein eigener gewesen war. Aber er war auf jeden Fall richtig.

Als ich zurückkam, saßen die anderen zusammen und schauten zur Tür, als hätten sie auf mich gewartet. Kahlas Augen waren groß und schwarz, und ich konnte sehen, dass sie ein bisschen geweint hatte. Aber Tante Isa lächelte und nickte mir kurz anerkennend zu.

»Okay«, sagte ich. »Erzählt mir von den beiden letzten Prüfungen.«

17 Das Feuer des Himmels

Fackeln flackerten in der Dunkelheit und der Mond stand grau-weiß und groß über dem Rabenkessel. Die Raben saßen jetzt ganz ruhig in den Bäumen, und nur ab und zu schlug einer mit seinen schweren Flügeln. Auf dem Boden standen die Rabenmütter, aber auch eine gedrängte Gruppe von Zuschauern, die offenbar gekommen waren, um zu sehen, wie die kleine Clara Ask sich in den Feuerproben schlagen würde. Nur Kahla hatte keine Erlaubnis bekommen, obwohl sie dieses Mal schimpfte und protestierte, bis ihr Vater sie schließlich beiseitegezogen und lange und streng mit ihr gesprochen hatte.

Warum war es ihr so wichtig gewesen, dabei zu sein? Ausgerechnet ihr, der die Kälte doch so verhasst war. Hatte sie mich unterstützen wollen, oder war es ihr darum gegangen, nicht zu verpassen, wie ich verlor?

Chimära stand ganz in meiner Nähe, so nah, dass ihre Flügel mich fast berührten.

»Ich hoffe, du bist bereit, Hexenkind«, zischte sie kalt. »Jetzt ist es zu spät, um wegzulaufen ...«

Ich schielte zu ihr rüber. Wusste sie …? War ihr klar, wie nah ich dran gewesen war, einfach abzuhauen? An ihrem triumphierenden Blick erkannte ich, wie überzeugt sie davon war, dass ich es nicht schaffen würde.

Ich hoffte, dass sie sich irrte, aber ich hatte schreckliche Angst, sie könnte recht behalten.

»Lasst die Prüfung beginnen«, sagte Thuja, und der Nachthimmel füllte sich mit winzig kleinen, glühenden Punkten.

In einem fantastischen Lufttanz wirbelten sie um uns herum wie ein lebendiges Feuerwerk.

»Oh!«, rief ich unwillkürlich. Ich hatte nicht damit gerechnet, dass diese Fliegen so schön aussehen würden.

Einer der Feuerpunkte schwebte für einen Augenblick genau vor meiner Nase, sodass ich die zarten Flügel und den großen, leuchtenden Hinterleib sehen konnte, dann war er schon wieder weg. Aber ein anderer streifte meine Hand.

»Aua!« Ich schaffte es gerade nicht mehr, den Ausruf herunterzuschlucken, und Chimära lächelte herablassend. Sie fing eine der funkelnden Feuerfliegen mit der Hand und hielt sie fest, nur um zu zeigen, dass sie es konnte. Ich hörte die Fliege zwischen ihren knochigen Fingern brummen und summen. Dann ließ sie sie wieder frei.

Meine eigene Hand brannte noch immer. Es war nur ein leichter Schmerz, aber es war ja auch nur *eine*

Feuerfliege gewesen. Was mochte passieren, wenn alle gleichzeitig auf mir landeten? Es waren Tausende, vielleicht Millionen.

Die sieben Rabenmütter begannen zu summen, und sofort beendeten die Feuerfliegen ihren Tanz. Stattdessen fingen sie zu kreisen an, sodass ihr Feuer eine Art Wirbelwindtunnel in der Luft bildete.

»Und da soll ich durchgehen?«, fragte ich.

»Ja«, sagte Tante Isa. »Sie müssen dich sehen. Lass sie zu dir kommen. Sie verbrennen dich nicht, wenn du nicht versuchst, sie zu belügen.«

Leichter gesagt als getan. Ich hatte doch eben selbst gespürt, wie sehr schon eine einzelne Feuerfliege brannte. Aber die Feuerfliegen waren die einfachste Prüfung, mahnte ich mich selbst. Danach würde es viel schlimmer werden.

Ich machte einen Schritt auf den Feuerfliegentunnel zu. Nachdem es ja jetzt nun mal sein musste, wäre ich am liebsten so schnell wie möglich durchgerannt, aber das war keine gute Idee, hatte Frau Pomeranze mir gesagt. »Am besten gibst du ihnen Zeit, damit sie dich kennenlernen«, hatte sie behauptet.

Ich machte einen Schritt in den Feuerfliegentanz. Es waren so viele, dass ich nichts anderes mehr sehen konnte als ihr Licht. Der Rabenkessel verschwand. Chimära, die Rabenmütter, Tante Isa und die anderen – sie alle waren weg, es gab nur noch mich und die Feuerfliegen.

Und noch jemanden.

Steh ganz still, flüsterte der Kater leise in meinem Kopf.

Er war bei mir. Ich konnte ihn nicht sehen, er schlich sicher draußen in der Dunkelheit jenseits der Bäume herum, aber er war in meinem Kopf und ich war nicht alleine.

Ich stand still. Hier war es wärmer als außerhalb des Tunnels. Viel wärmer. Ich fing an zu schwitzen. Aber obwohl die Feuerfliegen an mir vorbeistrichen und um mein Gesicht kreisten, um meine Haare und meine Hände, ließen sie sich nicht auf mir nieder. Und sie verbrannten mich nicht.

Sie verbrannten mich nicht …

»Ich lüge nicht«, sagte ich leise und vorsichtig. »Chimära ist es, die lügt!«

Ich weiß nicht, ob sie es verstanden hatten. Aber mit einem Schlag waren sie weg. Der Tunnel löste sich auf, und sie flogen in einem letzten wilden Bogen über den Platz, dann waren sie verschwunden.

In diesem Augenblick konnte ich Chimäras Gesicht wieder sehen. Ausdruckslos. Und vielleicht nicht mehr ganz so überzeugt davon, dass ich verlieren würde?

»Clara Ask ist durch das Feuer des Himmels gegangen«, sagte Thuja, und ich bildete mir ein, dass ein Hauch von Zufriedenheit in ihrer Stimme mitschwang.

Valla seufzte.

»Ja«, sagte er. »Womit wir jetzt wohl allesamt gezwungen wären, bis zum Medusensee zu wandern. Und das bei diesen Wegverhältnissen …«

18 Das Feuer des Wassers

Die Raben folgten uns. Wie heisere Schatten im Mondlicht flatterten sie an uns vorbei, ließen sich auf einem Baum nieder und warteten, bis wir sie eingeholt hatten, um dann erneut aufzufliegen und weiterzuziehen. Sie wussten eindeutig, wohin wir mussten.

Wegen meines Knies hatte ich die Erlaubnis bekommen, auf Stjerne zu reiten, obwohl das bestimmt gegen die Regeln war. Alle anderen gingen zu Fuß, sogar Frau Pomeranze. Der Wald um uns herum war so dicht und finster, dass unsere Fackeln und Lampen dagegen wie kleine Feuerfliegen wirkten. Ich fröstelte ein wenig und glaubte plötzlich, im Dickicht hinter uns ein Rascheln zu hören. Vielleicht ein Fuchs oder etwas Größeres? Ob es hier Wölfe gab?

Aber dann fiel mir auf, dass ein oder zwei Wölfe geradezu lächerlich waren, verglichen mit dem, was mich gleich erwartete. Ich hörte auf, mich nach hinten umzusehen.

Der Medusensee lag in einer Talsenke, umgeben von schneebedeckten Felsen. Nur in der Nähe des

Ufers lag kein Schnee mehr, und Dampf stieg sacht von dem dunklen Gewässer auf.

»Wie tief ist das Wasser?«, fragte ich Herrn Malkin, der neben Stjerne herlief. »Ich riskiere doch nicht zu ertrinken, oder?«

»Nein«, sagte er. »Nicht, wenn du dich auf den Beinen hältst. Ich denke, an der tiefsten Stelle wird das Wasser dir ungefähr bis zur Brust gehen.«

Natürlich war Chimära auch mitgekommen. Ihre Flügel warfen blaue Schatten auf den Schnee vor uns.

»Du weißt, dass das hier tödlich enden könnte, oder?«, sagte sie. »Man sagt, die Leute würden stundenlang schreien und versuchen, sich die Haut vom Leib zu reißen, bevor sie sterben. Warum gibst du nicht einfach zu, dass du gelogen hast? Dann bleiben dir diese Schmerzen erspart.«

Herr Malkin drehte sich um.

»Schweig, Chimära«, sagte er. »Im Gesetz steht nichts davon, dass es dir erlaubt wäre, einen Zeugen zu bedrohen oder einzuschüchtern.«

Aber es war zu spät. Die Worte waren gesagt, und ich konnte sie nicht mehr aus meinem Kopf bekommen.

Vorsichtig kletterte Stjerne auf den letzten, schneelosen Vorsprung hinunter und blieb stehen. Ich tätschelte ihr den Hals und bedankte mich für den Ritt, während ich inständig hoffte, dass ich nicht zum letzten Mal auf ihrem runden, warmen Rücken gesessen hatte.

Ich musste mich fast ganz ausziehen. Meine Finger zitterten so sehr, dass Tante Isa mir helfen musste, den Regenmantel aufzuknöpfen, und wieder hörte ich ein höhnisches Schnauben von Chimära.

»Das Mädchen ist ja starr vor Angst«, sagte sie. »Lasst uns diese lächerliche Vorstellung beenden, damit wir alle wieder nach Hause können.«

Niemand gab ihr Antwort. Aber Tante Isa küsste mich auf die Wange und flüsterte mir ins Ohr: »Vertrau der Natur – und dir selbst. Sie tun dir nichts.«

Thuja und die anderen Rabenmütter bildeten einen Kreis um den Felsensee und fingen an zu summen, wie sie es auch bei den Feuerfliegen getan hatten. Unten im Wasser begann etwas zu leuchten. Die Medusen. Jetzt konnte man sie *sehen*. Das hier waren keineswegs die geleeartigen Nordseequallen, die ich mir vorgestellt hatte. Sie ähnelten viel mehr großen, durchsichtigen Kirchenglocken, die unter Wasser trieben. Ihre Fangarme waren lang und ausgefranst und so dick wie die Arme eines Tintenfischs.

»Lasst die Prüfung beginnen«, sagte Thuja.

In die Felsen waren Stufen geschlagen. Die sollte ich jetzt nach unten gehen. Ich zitterte am ganzen Körper, als ich auf die erste Stufe trat. Ich konnte meine Beine kaum spüren. Sie tun dir nichts, flüsterte ich mir selbst zu, aber es fiel mir schwer, das zu glauben. Als das Wasser sich auf der dritten Stufe um meine Knöchel schloss, stockte ich. Es war warm.

Nicht so warm wie Badewasser, aber durch die kalte Frostluft fühlte es sich beinahe so an.

Ich schaute hoch. Chimära stand nah am Ufer, dicht hinter zwei Rabenmüttern. Ich begegnete ihrem gelben Blick.

»Sie schreien stundenlang«, sagte sie – leise, aber doch laut genug, um sicher sein zu können, dass ich sie hören würde.

Ihre Worte hätten mir noch mehr Angst einjagen müssen. Aber das taten sie nicht. Ich glaube, ich war bis dahin so ängstlich gewesen, wie ein Mensch überhaupt nur sein kann, doch in diesem Moment wurde mir schlagartig klar, dass es ihr nur darum ging zu verhindern, dass ich das Wasser durchquerte. Deshalb drohte sie mir. Deshalb versuchte sie, mich so sehr zu erschrecken.

Sie weiß, dass ich es schaffe.

Der Gedanke kam aus dem Nichts, oder vielleicht auch aus diesem unheilvollen gelben Blick. Wenn sie so sicher war, dass ich keine Chance hatte, weshalb sollte sie dann versuchen, mich zum Aufgeben zu bringen?

Seltsam, dass Chimära mir womöglich mehr zutraute als ich selbst …

Bei diesem Gedanken wagte ich den nächsten Schritt weiter ins Wasser.

Ich wartete auf den Schmerz, aber er kam nicht.

Die Medusen schwebten um mich herum, und eine von ihnen streifte mein Bein. Ein seltsames Gefühl, das mich irgendwie an Radiergummi erinnerte. Aber sie verbrannte mich nicht. Tante Isa hatte recht gehabt. Ich konnte auf die Natur vertrauen – und vielleicht sogar ein wenig auf mich selbst.

Langsam ging ich weiter durch den See und stieg auf der anderen Seite nach oben.

Ich wurde nass – sonst nichts.

»Clara Ask ist durch das Feuer des Wassers gegangen«, verkündete Thuja.

»Die Hälfte hast du geschafft«, sagte Tante Isa, während sie meine Schultern mit einem Handtuch trocken rubbelte. »Und du hast dich fantastisch geschlagen. Hier, zieh schnell den Pulli an, bevor du mir noch erfrierst.«

Mit zitternden Armen zog ich meinen Pullover über den Kopf. Und dieses Mal zitterte ich, weil ich *fror*. Winterbaden würde eindeutig nie zu meinen Lieblingssportarten gehören.

Ich fühlte mich so merkwürdig. Fast so, als ob ich nie wieder Angst haben würde. Jedenfalls keine große Angst. Und es kam mir beinahe so vor, als ob ich innerlich genauso groß war wie alle anderen. Das war schön.

»Sie haben mir nichts getan«, sagte ich, bestimmt zum fünften Mal. »Sie haben mir wirklich nichts getan …«

»Nein«, sagte Tante Isa lächelnd. »Das habe ich dir doch gesagt.«

19 Das Feuer der Erde

Ich hatte erst die Hälfte geschafft – aber es fühlte sich nach viel mehr an. Vor der dritten Prüfung, dem Feuer der Erde, hatte ich nicht annähernd so viel Angst wie vor den Feuermedusen.

Ich sollte durch eine Grotte gehen, in der Feuerechsen waren – so etwas Ähnliches wie kleine Drachen, hatte Frau Pomeranze mir erklärt. Sie konnten brennende Gaswolken in die Luft spucken, was natürlich schon ein bisschen unheimlich war, aber, wie ich fand, längst nicht so schlimm wie die brennenden Fangarme der Medusen. Und wieso sollten diese Echsen feindselig sein, nachdem die Quallen mir nichts getan hatten?

Chimära beobachtete mich aus den Augenwinkeln, und ich bildete mir ein, in ihrem Blick schon die Niederlage sehen zu können.

Warte nur, dachte ich. Du wirst diese Prüfung verlieren und ich werde sie gewinnen. Denn ich *bin* eine Wildhexe. Vielleicht nicht die beste Wildhexe der Welt, aber ich habe nicht gelogen. Sie werden mich durchlassen.

Ich glaubte wirklich daran.

Der Eingang zur Grotte war ein Loch in der Erde, nicht viel größer als die Fenster im Fahrradkeller bei uns zu Hause.

»Dieses Mal bist du alleine«, sagte Frau Pomeranze. »Wir können dich erst wieder sehen, wenn du auf der anderen Seite herauskommst. Und es wird auch ein bisschen schwieriger, denn es genügt nicht, dass die Feuerechsen dich in Ruhe lassen, sie müssen dir helfen. Ihr Feuer ist das einzige Licht, dass es dort unten gibt, und du brauchst es, um den Weg zum Ausgang zu finden.«

»Ja«, sagte ich. »Das habe ich verstanden.«

»Nun, mehr kann ich dir dazu nicht sagen, kleine Hexe. Viel Glück.«

Dieses Mal summte niemand. Musste ich die Feuerechsen selbst wecken, um ihre Hilfe zu bekommen? Ich fühlte mich fast ein bisschen betrogen. Es war irgendwie lange nicht so feierlich, einfach nur an einem Seil um den Bauch in ein Loch hinuntergelassen zu werden. Das war nicht ganz derselbe Stil wie in den beiden ersten Prüfungen.

Aber hier geht es auch nicht um Stil, sagte ich mir. Hier geht es darum, zu überleben und zu beweisen, dass Chimära lügt und nicht ich!

Natürlich war es dunkel da unten. Dunkel und feucht wie in einem Keller. Ich landete hart und ein Stechen durchfuhr mein Knie – kein wahnsinniger Schmerz, nur eine kleine Warnung, dass ich mich nicht darauf verlassen konnte, dass mein Bein mich allzu lange tragen würde.

Wie weit es wohl bis zum Ausgang war? Niemand hatte mir etwas darüber gesagt. Was, wenn ich gar nicht so weit laufen konnte?

Ich befreite mich von dem Seil, an dem man mich heruntergelassen hatte. Es wurde hochgezogen, und kurz darauf wurde eine Abdeckung über die Öffnung geschoben, sodass der letzte Rest des Mond- und Fackellichts verschwand.

Jetzt war es dunkel.

Stockdunkel.

Erst in diesem Moment kehrte die Angst zurück.

Ich glaube, ich hatte mir nicht richtig klargemacht, dass ich die Feuerechsen dazu bringen musste, für mich zu leuchten. Ich hatte mir vorgestellt, dass ich mich notfalls auch ohne Licht durch die Grotte vorwärtstasten konnte, sollten sie keine Lust haben, mir zu helfen. Aber schon bei meinem ersten unsicheren Schritt wurde mir klar, dass das unmöglich war. Ich stieß sofort mit dem Zeh gegen etwas Hartes und stolperte, konnte mich aber an der rauen Wand der Grotte abstützen.

Ich konnte es mir nicht leisten zu fallen. Ich hätte mir Arme und Beine oder vielleicht sogar den Hals brechen können, und auch mein Knie würde nicht noch mehr Stöße verkraften, als es ohnehin schon abbekommen hatte.

»Äh ..., Echsen?«, sagte ich vorsichtig und versuchte, mir dabei nicht zu dämlich vorzukommen. »Seid ihr da?«

Selbstverständlich bekam ich keine Antwort. Aber hörte ich da ein leises Rascheln im Dunkeln? Ich war mir nicht sicher. Ich wusste aber auch nicht, wie es klang, wenn sich eine Echse bewegte.

»Das hier ist echt dumm«, sagte ich leise zu mir selbst. Und glaubte, dieses Mal ein schwaches Echo zu hören, das dumm-dumm-dumm flüsterte, nachdem ich selbst aufgehört hatte zu reden.

Ich biss mir auf die Lippe. Was sollte ich tun? HAUAB zu brüllen würde mir hier auch nicht weiterhelfen, aber das war das einzige Wildhexenkunststück, das ich beherrschte.

Dann ist es vielleicht an der Zeit, etwas Neues zu lernen.

Ich zögerte.

»Kater? Bist du das?«

Aber auch er gab keine Antwort. Vielleicht war er es gar nicht gewesen. Es war nicht immer ganz einfach zu unterscheiden, ob die innere Stimme dem Kater gehörte oder meine eigene war.

Es kam mir zwar irgendwie bescheuert vor, die Augen zu schließen, obwohl es sowieso schon so abgrundtief finster war, dass man rein gar nichts sehen konnte – aber ich tat es trotzdem. So hatte Tante Isa mir beigebracht, den Wildsinn zu spüren, und so ging es immer noch am leichtesten.

Falls man es leicht nennen konnte.

Nichts sehen, nichts hören, nichts riechen.

Diesen anderen Sinn finden, der nichts mit Augen, Ohren und Nase zu tun hat. Der alles Leben der Wilden Welt hören konnte – auch das, das sich in der Dunkelheit der Grotte verbarg.

Da.

Sogar ganz in der Nähe. So nah, dass ich darüber gestolpert wäre, hätte ich nur einen Schritt mehr gemacht. Ein kleines kühles Lebensflämmchen flackerte im Höhlendunkel, ein kleines Herz, das langsam und kalt schlug.

Sie friert, dachte ich, und unwillkürlich überkam mich das Bedürfnis, die Echse hochzuheben und meine eigene Wärme mit ihr zu teilen.

Hiissssssssss …

Mit einem Mal schoss eine Flamme zwischen uns in die Höhe, so hell, dass ich sie sogar mit geschlossenen Augen erkennen konnte. Ich öffnete die Augen. Für einen Moment hing eine glühende Wolke zwischen mir und der Echse, und ich konnte sie sehen. Sie war gelb mit schwarzen Flecken, ihr nackter Körper war warzig und stachelig, und ihre Augen wölbten sich nach außen, als hätten sie in dem breiten, krötenartigen Kopf nicht genug Platz gefunden. Sie war nicht besonders groß – vielleicht so groß wie ein Meerschweinchen oder ein kleines Kätzchen, aber doch deutlich weniger niedlich. Ich konnte gerade noch sehen, wie sie den ersten watschelnden Schritt auf mich zu machte, bevor die Gaswolke sich auflöste und das Licht erlosch. Kurz darauf spürte ich ihre Krallen an meinem Hosenbein.

Wärme. Ich wusste, dass sie deshalb meine Nähe suchte. Sie hatte meinen Wunsch, die Wärme mit ihr zu teilen, gehört, und jetzt gab es kein Zurück mehr. Ich hatte es mehr oder weniger versprochen.

Na ja. Es verlangt ja keiner von dir, dass du sie küsst, dachte ich, du musst sie ja nur ein bisschen warm halten. Ich beugte mich nach unten, hob das raue, stachelige Tier hoch und drückte es eine Weile an mein Herz. Es fiel mir eigentlich gar nicht schwer, obwohl die Echse weder weich noch warm und flauschig war. Es war eher ein bisschen so, als würde man mit einer Rolle grobem Sandpapier kuscheln, aber ich spürte, dass die Echse es genoss und all die Wärme, die ich ihr geben konnte, auch wirklich brauchte. Nach ein paar Minuten fing sie an, vor Wohlbefinden zu grunzen, und schließlich drang ein summender Laut aus ihrer Kehle, der mich seltsamerweise an den Wildgesang der Rabenmütter erinnerte.

Hiissssss. Hiissssss. Hiissssss.

Plötzlich flammten in der ganzen Grotte Lichter auf. An den Wänden, unter der Decke, auf dem Boden, überall da, wo auch nur ein winziger Felsvorsprung oder die kleinste Vertiefung war … überall da saßen Feuerechsen und bliesen ihre leuchtenden Wolken in die Luft, als sängen sie im Chor. Ein Lied des Feuers, das in der Dunkelheit strahlte, golden, warm und rot.

Ich hielt »meine« Echse an mich gedrückt und hätte beinahe geweint, weil es so schön war. Genauso schön wie der Tanz der Feuerfliegen – oder vielleicht sogar noch schöner, weil ich es besser verstand. Die Echsen freuten sich über die Wärme. Sie freuten sich über mich. Sie sangen ihren Wildgesang vor Freude.

»Danke«, flüsterte ich und streichelte der ersten Echse vorsichtig mit dem Zeigefinger über den Nackenkamm. Sie drückte ihren Kopf nach oben, sodass meine Berührung ein bisschen fester wurde, und summte noch lauter als vorher. Mit der kleinen Echse im Arm ging ich los.

Es war nicht sehr weit. Vielleicht hundert Schritte, wenn es ein ebener Weg gewesen wäre, aber das war es nicht. Ich musste klettern, kriechen und mich durch die engsten Stellen winden. Überall ragten scharfe Felskanten aus dem Boden oder der Decke. Dazwischen waren tiefe Spalten, einige von ihnen so tief, dass ein zwölfjähriges Mädchen darin leicht verschwinden konnte. Ohne das Licht der Echsen hätte ich es niemals geschafft.

Der Ausgang der Grotte war etwas größer als der Eingang, ein verdecktes Loch in der Höhlendecke, sieben, acht Meter über mir. Eine Strickleiter baumelte herunter, ich sah Fackellicht und den Mondschein und konnte Stimmen hören, auch wenn ich nicht verstand, was sie sagten.

Ich setzte die Feuerechse auf einer kleinen Felskuppe ab und streichelte ihr ein letztes Mal über den Nackenkamm.

»Eines Tages komme ich zurück«, versprach ich, »und wärme euch wieder.«

Die Gaswolken waren weniger geworden und leuchteten nicht mehr so lange auf. »Meine« Echse rülpste einen letzten, goldenen Feuergruß in die Luft, dann krabbelte sie von der Felskuppe und verschwand in der Dunkelheit. Ich griff nach der Strickleiter und machte mich daran, nach oben ins Mondlicht zu klettern. Mein Knie schmerzte, und auch das Knarren in den Seilen gefiel mir nicht, aber schon bald würde ich wieder oben im Freien sein, und dann hatte ich auch die vorletzte Prüfung bestanden.

Dachte ich.

Als ich die Hand nach der nächsten Sprosse ausstreckte, bekam ich kein Seil zu fassen. Meine Finger schlossen sich um etwas Kühles, Pelziges. Ein schriller Schrei ertönte, und eine Reihe messerscharfer Zähne bohrte sich in meinen Finger.

Mit einem Schlag füllte sich die Dunkelheit der Grotte mit Krallen und Zähnen, mit Flattern und Schreien. Lederartige Flügel schlugen mir ins Gesicht und in den Nacken, ich bekam keine Luft mehr, überall waren pelzige Körper. Sie zerrten an mir, bissen mich und stießen gellende Schreie aus, die sich in meine Ohren bohrten und weiter direkt ins Hirn. Mein Herz raste in meiner Brust, ich konnte mich nicht länger halten. Ich rutschte ab und fiel, taumelte, blieb für einen Moment mit einem Bein an einer der Sprossen hängen und stürzte schließlich das letzte Stück auf den unebenen Felsboden hinunter.

Aus.

Alles war aus.

Dunkelheit.

Schmerz.

Das kribbelnde Gefühl von Flügeln und Krallen, die weiter über meinen Körper krochen.

Dann war auch das verschwunden, und ich wusste nicht mehr, wo ich war.

20 Ein Freund in der Not

»Clara!«

Jemand schüttelte mich.

»Clara, komm schon! Setz dich auf.«

Aber ich hatte keine Lust, mich aufzusetzen. Ich hatte keine Lust, mich überhaupt zu bewegen. Alles tat weh, und mein bescheuertes Knie hatte ganz neue, interessante Arten gefunden, mich zu quälen – ein brennendes Stechen, ein stechendes Brennen, Nadeln, die sich hinter meine Kniescheibe bohrten und elektrische Stöße in meinen Oberschenkelmuskel aussendeten.

»Clara. Du musst!«

Es war Kahla.

Kahla? Was hatte sie hier zu suchen?

»Was …«, murmelte ich. »Warum …«

Aber ich konnte die Sätze nicht zu Ende bringen. Die Worte entwischten mir, sobald ich versuchte, sie zu fassen zu bekommen. Meine Zunge war wie betäubt vor Schmerz.

»Wo tut es weh?«, fragte Kahla.

»Knie. Kopf«, stammelte ich.

Sie legte beide Hände an meinen Kopf. Sie hatte immer noch Handschuhe an, wie ich verwirrt feststellte. Aber was –

»Halt still. Ich versuche, es wegzubekommen.«

Und dann machte sie ungefähr dasselbe, was Tante Isa damals in der allerersten Nacht getan hatte. Sie strich mit ihren wollenen Handschuhfingern über meine Schläfen und meinen Hinterkopf, während sich ihr Wildgesang genauso sanft an mich schmiegte wie mein schwarzer Kater. Es half. Vielleicht nicht ganz so gut wie damals bei Tante Isa, aber es half. Ich konnte denken, und ich konnte mich wieder bewegen.

»Wieso bist du hier?«, fragte ich.

»Um dir zu helfen«, sagte sie mit zusammengebissenen Zähnen. »Was hast du denn gedacht? Dass du es alleine schaffen würdest?«

»Ja«, sagte ich. »So sind die Regeln, oder etwa nicht?«

»Chimära hält sich nicht an Regeln. Das erklärt wahrscheinlich auch, weshalb sie immer gewinnt.«

»Chimära?« Ich schaute mich hektisch um. Neben Kahla lag eine Taschenlampe und warf seltsame Schatten zwischen die Felsen, und um uns herum in der Dunkelheit erspähte ich das Glitzern neugieriger Echsenaugen, aber einen vier Meter großen Nicht-Engel konnte ich nirgends entdecken.

»Nur die Ruhe. Sie steht oben und wartet zusammen mit den anderen.«

»Dann verstehe ich nicht, was sie mit dem Ganzen hier zu tun haben soll …«

Kahla schnaubte. »Denkst du vielleicht, es war purer Zufall, dass ein Schwarm Fledermäuse ganz plötzlich Lust bekommen hat, dich anzugreifen, als du gerade im Begriff warst, die dritte Prüfung zu bestehen?«

Fledermäuse. Stimmt. Deshalb war ich abgestürzt.

»Aber …«

»Clara. Fledermäuse sind scheu. Sie würden nie einen Menschen attackieren – es sei denn, sie werden dazu gezwungen …«

Ich griff nach der Taschenlampe und ließ den Lichtkegel über die Höhlendecke schweifen. Da hingen sie, die Fledermäuse – kopfüber, in pelzigen Trauben, die Flügel um den Körper gefaltet. Jetzt bewegten sie sich nur noch ganz leicht, hier und da ein Wackeln, ein weiches Rascheln mit einem einzelnen Flügel. Ich fand trotzdem, dass sie ziemlich unheimlich aussahen, aber ich musste zugeben, dass nichts in ihrem Verhalten darauf hindeutete, dass sie uns angreifen wollten. Vielleicht hatte ich einfach nur zu viele Vampirfilme gesehen.

Ich schauderte.

»Woher weißt du, dass es so gewesen ist?«, fragte ich.

»Weil ich dir gefolgt bin. Sobald die Erwachsenen von diesem Loch weggegangen waren, durch das sie dich runtergelassen haben, bin ich dir an dem Seil hinterhergeklettert.«

»Warum? Ich dachte ... also, ich dachte, du könntest mich nicht leiden?«

Kahla senkte den Kopf.

»Konnte ich ja auch nicht. Das heißt ... das ist nicht so leicht zu erklären. Es ... es ist so wichtig, dass ich eine gute Wildhexe werde. Viel wichtiger, als du dir überhaupt vorstellen kannst. Und Isa soll mir all das beibringen, was ich von meinem Vater nicht lernen kann, weil er ein Mann ist. Deshalb gehen wir zu ihr, tagein, tagaus, obwohl es so ein weiter Weg ist und obwohl es so schrecklich kalt ist, dass ich jeden Tag fast erfriere. Weil es *wichtig* ist.« Sie schaute mich kurz an. Ihre dunklen Augen glänzten, als würde sie weinen. »Und dann bist du aufgetaucht. Du konntest nichts. Isa musste dir alles erklären, von Grund auf, und trotzdem hast du es nicht hinbekommen. Du hast nur geschummelt und dich durch das meiste durchgeraten. Oder du bist sauer geworden, weil etwas nicht sofort geklappt hat. Auf einmal musste ich ständig auf eine Anfängerin warten und noch dazu auf eine Anfängerin, die es nicht mal versuchen wollte. Und das, obwohl ich schon mein ganzes Leben trainiert hatte. Du kannst dir nicht vorstellen, wie wütend ich war.«

Es war nicht gerade angenehm, das alles zu hören. Dabei hatte sie ja recht damit, dass ich anfangs gereizt und lustlos war und bei einigen Aufgaben getrickst hatte, weil ich es einfach nicht hinbekam.

»Warum ist das eigentlich so wichtig für dich?«, fragte ich. »Ich meine, eine gute Wildhexe zu werden?«

Wieder wollte sie mich nicht ansehen.

»Ich muss genauso gut werden, wie meine Mutter war«, sagte sie leise. »Das ist absolut notwendig.«

»Deine Mutter?«

Sie hob abrupt den Kopf.

»Hör auf so viel zu fragen«, knurrte sie.

»Du warst von Anfang an sauer auf mich«, sagte ich.

Sie zuckte mit den Schultern. »Ja. Zumindest war ich sauer, dass du aufgetaucht bist. Ich kannte dich ja nicht.«

»Dann verstehe ich nicht, weshalb du mir plötzlich helfen willst.«

Sie schnaubte.

»Das wollte ich ja eigentlich gar nicht. Ich bin dir nachgegangen, um zu sehen, ob du schummelst.«

So ergab es schon mehr Sinn. Das sah ihr schon eher ähnlich.

»Ich habe nicht geschummelt.«

»Nein«, sagte sie. »Aber Chimära. Also war es doch wohl ganz gut, dass ich auch hier war – oder?«

Ich seufzte.

»Schon«, sagte ich. »Das war es wohl.«

»Und jetzt wirst du diese Strickleiter hochklettern und ihnen zeigen, dass du eine echte Wildhexe bist.

Chimära hat einen Dämpfer verdient. Einverstanden?« – »Was ist mit dir?«

»Ich gehe zum Eingang zurück und klettere dort wieder hoch. Es ist sicher besser, wenn sie nicht merken, dass ich dir geholfen habe. Auch wenn Chimära zuerst betrogen hat.«

Ich tat, was Kahla gesagt hatte. Ich konnte hören, wie sie über die Felsen zurück in die Dunkelheit kletterte, während ich selbst meinen übel zugerichteten Körper streckte und zur Strickleiter humpelte. Kahla. Es war ein bisschen wie mit dem Kater. Ich war mir zwar nicht sicher, ob wir jetzt unbedingt beste Freundinnen waren, aber sie hatte mir geholfen, als ich Hilfe brauchte, und ich wusste, dass ich ihr einen Gefallen schuldete. Das war vielleicht auch eine Art Freundschaft.

Als ich mich die letzte Sprosse der Strickleiter nach oben gekämpft hatte, standen alle Erwachsenen da und warteten – Freunde, Feinde und Rabenmütter. Tante Isa lächelte, und ich konnte sehen, dass ihre braunen Augen ein bisschen stärker leuchteten als sonst. Chimäras Augen dagegen funkelten boshafter denn je. Und irgendetwas an ihrem Gesichtsausdruck gab mir die Gewissheit, dass Kahla recht gehabt hatte – sie hatte versucht, mich mithilfe der Fledermäuse aufzuhalten. Aber es ist ihr nicht gelungen, dachte ich. Dafür hatte Kahla gesorgt.

»Clara Ask ist durch das Feuer der Erde gegangen«, sagte Thuja so laut, dass alle es hören konnten.

Jetzt war nur noch die letzte Prüfung übrig – Frau Pomeranze hatte sie das Herz des Feuers genannt.

21 Das Herz des Feuers

»Es ist lange her, dass wir Zeuge wurden, wie eine Wildhexe durch die vierte und letzte Prüfung gegangen ist«, sagte Thuja. »Es ist die gefährlichste für Clara, aber sie ist auch für uns nicht ohne Risiko. Deshalb frage ich nun beide Parteien, ob sie noch immer zu ihrem Wort in dieser Sache stehen. Clara, gibt es etwas an deiner Aussage, das du ändern möchtest?«

Ich schüttelte den Kopf.

»Alles, was ich gesagt habe, ist wahr«, sagte ich. Meine Stimme klang ein klein wenig heiser, aber davon abgesehen laut und deutlich und ganz ruhig. War das wirklich ich? Ich erkannte mich beinahe selbst nicht wieder.

Thuja wandte sich an Chimära, die neben mir im Baumkreis des Rabenkessels stand. Sie war so nah, dass ich nur meine Hand hätte ausstrecken müssen, um ihren Flügel zu berühren. Ich tat es nicht.

»Chimära, Clara hält an ihrer Anklage fest. Was hast du dazu zu sagen?«

»Dass sie lügt.« Auch Chimäras Stimme wackelte

nicht, aber trotzdem hatte sich etwas verändert. Sie wirkte nicht mehr ganz so überlegen wie am Anfang, als sie mich noch für eine Ameise hielt, die man einfach zerquetschen konnte.

»Du weißt, dass sich Claras Anklage als wahr erwiesen hat, wenn sie unbeschadet durch das Herz des Feuers geht?«

»So lautet schließlich euer Urteil.«

»Hör zu, Chimära«, sagte Valla plötzlich. »Sie hat die ersten drei Prüfungen geschafft. Keiner von uns geht jetzt noch ernsthaft davon aus, dass sie nicht die Wahrheit sagt.«

Unglaublich. War das derselbe Valla, der anfangs so genervt von mir gewesen war? Offensichtlich hatte er seine Meinung geändert. Oder er wollte die Angelegenheit so schnell wie möglich hinter sich bringen. Inzwischen musste es fast Mitternacht sein – oder sogar noch später. Und er war schließlich der, dem es am wenigsten gefallen hatte, den ganzen Weg zum Medusensee und der Echsengrotte zu laufen.

»Willst du mir mein Recht vorenthalten, Valla Rabe?«

Er brummte. »Nein. Aber deine Strafe könnte milder ausfallen, wenn du uns nicht alle in Gefahr bringen würdest, indem du auf der Prüfung beharrst. Können wir es nicht hierbei belassen?«

»Hast du etwa Angst, Valla?« Der Hohn in Chimäras Stimme war messerscharf. »Dann gib mir das Mädchen und verkriech dich zu Hause in deinem

Bett. Wenn ich sie jetzt bekomme, bin ich bereit, sie schon nach einem Jahr wieder laufen zu lassen.«

Ein Jahr! Zwölf Monate. Dreihundertfünfundsechzig Tage. Achttausendsiebenhundertsechzig Stunden. Nein danke. Unter gar keinen Umständen.

»Es sieht aus, als müssten wir weitermachen«, sagte Thuja. »Nun denn. So sei es.«

Ich bekam die Anweisung, mich genau in die Mitte des Kreises zu stellen, den die Bäume bildeten. Alle anderen – auch Chimära – mussten sich an den äußersten Rand des Rabenkessels zurückziehen. Ob Kahla sich wohl auch irgendwo dort draußen versteckte und beobachtete, wie es lief? Ich war mir sicher – auch wenn ich sie nicht sehen konnte.

Die sieben Rabenmütter hatten sich zwischen den Bäumen aufgestellt und so einen Zirkel gebildet.

Sie begannen zu singen.

Dieses Mal war es nicht nur ein leises Summen. Sie sangen noch immer ohne Worte, aber so kräftig, dass ich mir am liebsten die Ohren zugehalten hätte. Es war, als würden Bäume, Erde und Luft anfangen zu vibrieren, lauter und lauter tönte ihr Gesang, bis es fast nicht mehr zu ertragen war.

Der Schnee schmolz. Nicht langsam, nach und nach, sondern im Laufe weniger Augenblicke, wie ein Stück Butter, das in einer heißen Bratpfanne zergeht. Unter meinen Füßen bebte die Erde, dann bildete sich ein Riss. Von jeder Rabenmutter aus lief ein

Feuerstrahl über den Boden auf mich zu. Die Flammen bildeten einen Ring um mich herum, eine lodernde Mauer, die mir so heiß und hungrig entgegenschlug, dass ich die Augen schließen musste. Ich spürte, wie meine Wimpern und Augenbrauen verschmorten und zu Asche wurden.

Ich stand im Herzen eines Feuersterns. Und ich war nicht alleine.

Da war etwas in den Flammen. Ich sah es nicht, denn ich wagte die Augen nicht zu öffnen. Aber mit dem Wildsinn konnte ich es spüren. Das Feuer war lebendig. Es war nicht nur *etwas,* es war *jemand.*

Wer bist du?

Nicht ich stellte diese Frage, sondern das Feuer. Das dröhnende, alles verzehrende Feuer, das mich in einem einzigen Atemzug verschlingen, mich zerstören und zu Asche verbrennen konnte.

Es fragte nicht nur nach meinem Namen. Es wollte wissen, was ich war.

»Wildhexe«, flüsterte ich und versuchte, nicht so viel brennend heiße Luft einzuatmen. »Ich bin eine Wildhexe.«

Und was ist das?

Für einen Moment überkam mich wieder Panik. Wie sollte ich das erklären? Gab es überhaupt eine richtige Antwort? Oder eine falsche?

Was war eine Wildhexe? Was war ich eigentlich?

»Jemand, der die Tiere liebt. Jemand, der die ganze Wilde Welt mag.«

Das war nicht verkehrt, das konnte ich spüren. Aber das Herz des Feuers wartete noch immer. Es schien noch mehr hören zu wollen. Ich erinnerte mich plötzlich an etwas, das Tante Isa einmal gesagt hatte, und ich musste an den glücklichen Gesang der Feuerechsen denken.

»Jemand, der niemals nimmt, ohne zu geben«, sagte ich.

Die Flammen zogen sich spürbar zurück. Nicht dass es jetzt kühl geworden wäre, aber wenigstens fühlte es sich nicht mehr wie tausend Sonnenbrände auf einmal an. Aber die Antwort genügte noch immer nicht. Irgendetwas fehlte.

Der Kater. Kater war auch ein Teil davon, ein Teil von mir.

»Jemand, der nicht flieht, ohne gekämpft zu haben!«

Du hast gekämpft, kleine Wildhexe. Aber hast du es alleine getan?

Oh nein.

Angst erfasste mein Herz und drückte zu. Ich bekam keine Luft mehr, und die Flammen rückten wieder näher. Es kam mir so vor, als wäre meine Haut nur Sekunden davon entfernt, Blasen zu werfen wie eine Speckschwarte unter dem Grill, und ich wusste sehr wohl, warum.

Ich hatte es nicht alleine gemacht. Kahla hatte mir geholfen. Zwar nur weil Chimära betrogen hatte, aber trotzdem.

Lüg, dachte ich. Sag, dass du alleine gewesen bist. Es hat sie ja niemand gesehen …

Aber ich konnte nicht. Ich konnte das Feuer nicht belügen. Sollte es mich holen oder es lassen, ich musste die Wahrheit sagen.

»Nein«, flüsterte ich heiser. »Eine Freundin … hat mir geholfen.«

Gleich wirst du lichterloh in Flammen aufgehen, dachte ich. Weil du betrogen hast. Das Feuer wird dich packen und zu Asche verbrennen.

Aber das tat es nicht. Stattdessen wiederholte es seine Frage, und ich glaubte ein leises Lachen in seinem Tonfall zu hören.

Wer bist du, kleine Wildhexe?

Und da verstand ich. Das war der Grund, warum wir hier waren. Was all das hier beweisen sollte.

»Jemand, der die Wahrheit spricht«, sagte ich. »Jemand, der die Wahrheit spricht – oder schweigt.«

Jetzt gab es keinen Zweifel mehr. Die Flammen lachten, sie tanzten um mich herum, zärtlich und wild zugleich, aber ohne mir etwas anzutun. Das Dröhnen hatte sich in Gesang verwandelt, rot und golden in der Dunkelheit der Nacht. Und als ich es wagte, die Augen zu öffnen, sah ich ihn. Den Feuervogel.

Mit Flammengefieder und Flammenflügeln, mit Hals und Schwanz und Schnabel aus Feuer, mit Augen wie flüssiges Gold. In einem Schauer aus Funken, der auf mich herunterregnete wie Wunderkerzen, stieg er auf in den Himmel.

Gut geantwortet, kleine Wildhexe. Du trägst das Feuer in deinem Herz.

Er strich über die Baumwipfel, sodass die Raben mit den Flügeln schlugen, schoss in einem liebevollen, neckenden Tanz über mich hinweg und erhob sich wieder, stieg und stieg, bis er nur noch eine flammende Silhouette vor dem Mond war.

Dann war er verschwunden. Und es wurde still.

Von den sieben Rabenmüttern stand nur noch eine auf den Beinen. Es war Thuja. Ihre Stimme war heiserer als die ihres eigenen Rabens. Sie schwankte und musste sich gegen den Baum stützen, neben dem sie stand.

»Clara Ask ist durch das Herz des Feuers gegangen«, sagte sie. Und dann setzte sie sich hin und lehnte den Rücken an ihren Baum.

Ich selbst spürte keine Müdigkeit. Noch nicht. Es war, als würde das Lachen des Feuervogels noch immer in mir nachhallen, und nicht einmal mein Knie tat mir weh.

»Du hast es geschafft!«, jubelte Kahla, die als Erste bei mir angekommen war. Sie fasste mich an beiden Armen und fing an, mit mir zu tanzen, sie wirbelte mich herum, bis sich alles vor meinen wimpernlosen Augen drehte. »Du hast es geschafft, du hast es geschafft, du hast es geschafft!«

»Clara-Schatz«, sagte Tante Isa. »Deine alte Tante ist stolz auf dich.«

Und eine mitternachtsschwarze Katzengestalt kam herangeschlendert und schnurrte so laut, dass es klang wie ein gut geschmiertes Motorrad.

Meine, sang sie hochzufrieden und stolz in meinem Kopf. *Meine Wildhexe.*

Aber plötzlich brach etwas in den Jubel ein. Die Raben, Nebelkrähen, Dohlen und Saatkrähen fingen gleichzeitig an zu krächzen, zu schreien und zu zischen. Als wären sie alle eins, flogen sie auf und bildeten eine schwarze Wolke vor dem Mond.

»Was ist denn jetzt?«, fragte ich verwirrt. »Was ist los?«

Thuja klammerte sich an der Rinde des Baumstamms fest und kam wieder auf die Beine.

»Chimära«, sagte sie. »Sie flieht.«

Da sah ich sie. Ein gewaltiger Vogel zwischen den anderen, ein Riesenvogel, der kein Vogel war und ganz sicher auch kein Engel. Die Raben verfolgten sie, aber die gigantischen Adlerflügel auf Chimäras Rücken waren *keine* Verzierung, und dann stürzten die ersten schwarzen Vögel wie Steine vom Himmel, gefiederte schwarze Kugeln, die fielen und fielen und auf dem Boden zerschmetterten.

»Nein!«, stieß Thuja klagend aus und presste plötzlich beide Hände vor ihre blinden Augen. »Die Raben sterben! Sie tötet die Raben!«

Ich glaube, ich werde den Ausdruck in ihrem Gesicht niemals vergessen. Ihre blinde Trauer, die nicht nur dem Augenlicht galt, das sie verloren hatte. Sie tastete sich auf Händen und Knien vorwärts und berührte einen toten Vogelkörper nach dem anderen, aber sie konnte den Raben, der einmal ihrer gewesen war, nicht finden.

22 Das letzte Wort

Beinahe die Hälfte der schwarzen Vögel des Rabenkessels starb in dieser Nacht. Und Chimära entkam. Sie wurde geächtet und für rechtlos erklärt. Die Überlebenden suchten nach ihr, solange sie sich irgendwie auf Flügeln und Beinen halten konnten, aber sie fanden sie nicht. Sie war wie vom Erdboden verschluckt – oder vielleicht sollte ich lieber sagen, es war, als hätte sie sich in Luft aufgelöst.

Thuja saß vor dem Kamin ihrer Stube und spürte wohl die Wärme in ihrem Gesicht, auch wenn sie die Flammen nicht sehen konnte. Ihre Hände lagen leer und untätig in ihrem Schoß.

»Es tut mir leid«, sagte ich. »Ich wünschte, ich könnte irgendwie helfen.«

Thuja drehte sich dem Klang meiner Stimme entgegen, aber sie stand nicht auf.

»Es ist nicht deine Schuld«, sagte sie. »Schon eher unsere eigene.«

»Wieso das denn?«

»Wir hätten viel früher zuhören müssen. Und wir hätten schon lange neue Gesetze machen sollen.

Dann wären wir nicht gezwungen gewesen, dich wie zu Bravita Blutskinds Zeiten auf die Probe zu stellen.« Sie streckte beide Hände nach mir aus, und nach kurzem Zögern verstand ich, dass sie sich von mir verabschieden wollte. Ich reichte ihr die Hand. Und obwohl ihr Griff warm und leicht war, konnte ich spüren, wie viel Kraft sie hatte. »Geh jetzt nach Hause, Clara Ask. Ich verspreche dir, dass wir auf Chimära aufpassen. Wir werden nicht zulassen, dass sie dir noch einmal wehtut. Und ich denke, dein schwarzer Katzenfreund wird gewiss auch dafür sorgen.«

»Ich glaube auch«, sagte ich und musste lächeln. »Und ein paar andere Freunde vielleicht. Aber was ist mit dir? Wirst du … wirst du wieder sehen können?«

»Ja, mit der Zeit«, sagte sie. »Wenn im Frühjahr die Brut schlüpft, werde ich mit einem neuen Vogel von vorne anfangen. Für gewöhnlich dauert es ein oder zwei Jahre, bis man sich so gut kennt, dass man sich gegenseitig seine Sinne leihen kann.«

»Viel Glück«, sagte ich und meinte es.

»Dir auch, Clara Ask.«

Als wir am Gatter mit den weißen Steinen aus dem Nebel der Wilden Wege traten, fiel mein Blick als Allererstes auf einen kleinen blauen Kia, der auf dem Hof neben Tante Isas alter Rostlaube parkte.

»Mama!«

Ich musste Stjerne kaum mit den Fersen antippen, sie war voll und ganz darauf eingestellt, schnellstmöglich nach Hause in ihren vertrauten, sicheren Stall zu kommen, und schließlich galoppierten wir über den Feldweg, dass uns die Grasbüschel nur so um die Ohren flogen.

Die Tür des Wohnhauses ging auf, und Mama und Tumpe kamen uns entgegen. Tumpe benahm sich, wie Tumpe es immer getan hatte – er sprang hoch und tanzte, wedelte, stellte sich selbst immer wieder ein Bein und um ein Haar auch Stjerne. Mama dagegen stand ganz still da, als könne sie ihren eigenen Augen nicht trauen.

»Clara-Maus! Mein kleiner Schatz …«

Ich ließ die Zügel los, rutschte von Stjernes Rücken und überließ es ihr selbst, den Weg in den Stall zu finden. Es gab noch keine neue Stalltür, also liefen auch die Ziegen rein und raus, wie es ihnen gefiel.

»Du hast am Telefon so merkwürdig geklungen«, sagte Mama und zog mich an sich. Sie umarmte mich so fest, wie sie es eigentlich nicht mehr getan hatte, seit ich acht Jahre alt geworden war. »Da musste ich einfach herkommen. Und als ihr dann nicht hier ward …« Sie holte tief Luft und drückte mich noch fester an sich. »Ihr seid so lange weg gewesen. Ich wusste gar nicht, was ich denken sollte …«

»Jetzt sind wir wieder da«, sagte ich. »Und morgen können wir zusammen nach Hause fahren!«

Natürlich war das noch nicht das Ende der Geschichte. Zum Beispiel musste ich doch Oscar erzählen, was alles passiert war, und versuchen, meinem Kater klarzumachen, dass es nicht sehr schlau war, vier messerscharfe Hexenkaterkrallen in die weiche Schnauze von Oscars Labrador zu jagen. Oscar war der Einzige, mit dem ich über die ganze Sache redete, denn wir erzählen uns alles. Die anderen dachten, ich wäre krank gewesen und zur Erholung in irgendein Heim für geschwächte Kinder gefahren.

Außerdem war ich gezwungen, Tante Isa zu überreden, sich ein Handy zu kaufen und ab und zu auf den Hügel zu steigen, um uns anzurufen. Ich wollte schließlich wissen, wie es Tumpe, Stjerne, den Ziegen und allen anderen Tieren ging. Und Kahla.

»Jetzt bist du nicht mehr mit einer Anfängerin in der Gruppe«, hatte ich gesagt, als wir uns voneinander verabschiedeten.

»Nein«, sagte sie. »Jetzt lerne ich bestimmt mehr.« Aber dann umarmte sie mich doch noch schnell mit ihren wollenen Mantelärmeln. »Pass gut auf dich auf. Und ... ich würde wirklich gerne mal wieder mit dir in einer Gruppe sein ...«

Es war irgendwie komisch, nach Hause in unsere Wohnung zu kommen und wieder mit Oscar zur Schule zu gehen. Ich war fast drei Wochen weg gewesen. Zwanzig Tage zählte ich. Es kam mir eher vor, als wären es zwanzig Monate gewesen. Alles war so anders. Besonders innerlich hatte ich mich so sehr verändert.

»Sag mal«, sagte Mama am ersten Morgen, an

dem ich wieder in die Schule sollte. »Bist du etwa gewachsen?«

»Ja«, sagte ich. »Das bin ich bestimmt.«

Das liegt nur daran, dass du jetzt mich hast.

Ich schaute in die goldenen Augen des Katers. Er sah unglaublich selbstzufrieden aus.

»Also, ich kann auch ohne deine Hilfe ganz gut wachsen«, murmelte ich spitz.

Er schnaubte. *Das glaube ich kaum.*

Ich gab es auf, noch weiter mit ihm zu diskutieren. Wenn man eine Katze hat, braucht man nicht damit zu rechnen, jemals wieder das letzte Wort zu haben.

dtv

Reihe Hanser

Die **Abenteuer** der **Wildhexe** Clara

ISBN 978-3-423-**62623**-1

ISBN 978-3-423-**62624**-8

ISBN 978-3-423-**62634**-7

ISBN 978-3-423-**62635**-4

ISBN 978-3-423-**62647**-7

ISBN 978-3-423-**62648**-4

Übersetzt von Gabriele Haefs und Friederike Buchinger

www.dtv.de